LA VENGANZA DE TAMAR

Tirso de Molina

- **AMÓN**
- **ELIAZER**
- **JONADAB**
- **ABSALÓN**
- **ADONÍAS**
- **TAMAR**
- **DINA**
- **ABIGAÍL** reina
- **BERSABÉ**
- Un **CRIADO**
- Un **MAESTRO** de armas
- **JOAB**
- **DAVID**
- **MICOL**
- **SALOMÓN**
- **TIRSO**
- **BRAULIO**
- **ALISO**
- **RISELO**
- **ARDELIO**, ganadero
- **LAURETA**

ACTO PRIMERO

Salen AMÓN, de camino, ELIAZER y JONADAB,
hebreos

AMÓN: Quitadme aquestas espuelas
          y descalzadme estas botas.
ELIAZER: Ya de ver murallas rotas,
          por cuyas escalas vuelas,
          debes de venir cansado.
AMÓN: Es mí padre pertinaz;
          ni viejo admite la paz,
          ni mozo quita del lado
          el acero que desciño.
JONADAB: De eso, señor, no te espantes
          quien descabezó gigantes
          y comenzó a vencer niño,
          si es otra naturaleza
          la poderosa costumbre,
          viejo, tendrá pesadumbre
          con la paz.
ELIAZER: A la grandeza
          del reino que le corona
          por sus hazañas subió.
AMÓN: No soy tan soldado yo
          cual de él la fama pregona.
          De los amonitas cerque
          David su idólatra corte;
          máquinas la industria corte
          con que a sus muros se acerque;
          que si en eso se halla bien
          porque sus reinos mejora,
          más quiero, Eliazer, una hora
          de nuestra Jerusalén,
          que cuantas victorias dan
          a su nombre eterna fama.
ELIAZER: Si fueras de alguna dama
          alambicado galán,

                    no me espanto que la ausencia
                    te hiciera la guerra odiosa;
                    que, amor que en la paz reposa,
                    pierde armado la paciencia.
                        Mas, no amando, aborrecer
                    las armas, que de pesadas
                    suelen ser desamoradas,
                    cosa es nueva.
AMÓN: Sí, Eliazer;
                    nueva es, por eso la apruebo;
                    en todo soy singular;
                    que no es digno de estimar
                    el que no inventa algo nuevo.

              *Salen ABSALÓN, ADONÍAS y otros, de
                             camino*

ABSALÓN: No gozaremos las treguas
                    que el rey da al contrario bien,
                    no estando en Jerusalén.
ADONÍAS: Corrido habemos las leguas
                    que hay de Rabata hasta aquí,
                    volando.
ABSALÓN: ¡Qué bien pensó
                    quien las postas inventó!
ELIAZER: No, a lo menos para mí.
                    Doylas a la maldición
                    que, batanando jornadas,
                    me han puesto las dos lunadas
                    como ruedas de salmón.
ABSALÓN: ¡Oh, Eliazer! ¿También tú gozas
                    treguas acá?
ELIAZER: ¿Qué querías?
AMÓN: ¡Oh, mi Absalón, mi Adonías!
                    ¿Aquí?
ABSALÓN: Travesuras mozas
                    nunca, hermano, están despacio;
                    troquemos en nuestra tierra
                    por las tiendas de la guerra

los salones de palacio.
        Diez días que han de durar
las treguas que al Amonita
David da, el Amor permita
sus murallas escalar.
AMÓN: ¿Murallas de Amor?
ABSALÓN: Bien puedes
permitirles este nombre.
Amando de noche un hombre,
¿no asalta también paredes?
        ¿Ventanas altas no escala?
¿No ronda? ¿El nombre no da?
¿Trazando ardides no está?
Luego Amor, a Marte iguala.
AMÓN: No te quiero replicar;
ya sé que tiene gran parte
Amor, que es hijo de Marte,
y lo que hay de Marte a amar.
ABSALÓN: En ti, príncipe, infinito;
pues, con ser tan gran soldado,
nunca fuiste enamorado.
AMÓN: Poco sus llamas permito.
        No sé ser tan conversable
como mi hermano Absalón.
ABSALÓN: La hermosura es perfección,
y lo perfecto es amable.
        Hízome hermoso mi suerte
y a todas me comunico.
AMÓN: Estás de cabellos rico
y así puedes atreverte;
        que, a guedeja que les des
las que muertas, por las tiendas
te porfían que los vendas,
tendrán en ti su interés;
        pues, si no miente la fama,
tanto tu cabeza vale,
que me afirman que te sale
a cabello cada dama.
ELIAZER: Si así sus defectos salvas
¿qué mucho te quieran bien,

pues toda Jerusalén
te llama Socorre-calvas?
        Y las muchas que compones
debiéndote sus bellezas,
hacen que haya en las cabezas
infinitos Absalones.
        Ristros puedes hacer de ellas.
ABSALÓN: Eliazer, conceptos bajos
        dices.
ELIAZER: Fueran ristros de ajos,
        si no es por ti, las más bellas.
ABSALÓN: En fin, ¿el príncipe da
        en no querer a ninguna?
AMÓN: Hasta encontrar con alguna
        perfecta, no me verá
        en su minuta el Amor.
ABSALÓN: Elisabet, ¿no es hermosa?
AMÓN: De cerca no, que es ojosa.
ADONÍAS: ¿Y Ester?
AMÓN: Tiene buen color,
        pero mala dentadura.
ELIAZER: ¿Delvora?
AMÓN: Es grande de boca.
JONADAB: ¿Atalía?
AMÓN: Ésa es muy loca,
        y pequeña de estatura.
ABSALÓN: No tiene falta María.
AMÓN: ¿Ser melindrosa no es falta?
ADONÍAS: ¿Dina?
AMÓN: Enfádame por alta.
ELIAZER: ¿Rut?
AMÓN: Es negra.
JONADAB: ¿Raquel?
AMÓN: Fría.
ABSALÓN: ¿Aristóbola?
AMÓN: Es común;
        habla con ciento en un año.
ABSALÓN: ¿Judit?
AMÓN: Tiene mucho paño,
        y huele siempre a betún.

ADONÍAS: ¿Marta?
AMÓN: Encubre muchos granos.
ELIAZER: ¿Alejandra?
AMÓN: Es algo espesa.
JONADAB: ¿Jezabel?
AMÓN: Dícenme que ésa
        trae juanetes en las manos.
ABSALÓN: ¿Zilene?
AMÓN: Rostro bizarro,
        mas, flaca e impertinente.
ELIAZER: Pues no hallas quien te contente,
        haz una dama de barro.
ABSALÓN: ¡Válgate Dios por Amón!
        ¡Qué satírico que estás!
AMÓN: No has de verme amar jamás;
        tengo mala condición.
ADONÍAS: ¿Luego no querrás mañana
        en la noche, ir a la fiesta
        y boda que a Elisa apresta
        la mocedad cortesana?
AMÓN: ¿Con quién se casa?
ADONÍAS: ¿Eso ignoras?
        Con Josefo de Isacar.
AMÓN: Bella mujer le han de dar.
ABSALÓN: Tú que nunca te enamoras,
        no la tendrás por muy bella.
        ¿Piensas ir allá?
AMÓN: No sé.
ADONÍAS: Hay bravo sarao.
AMÓN: Iré
        a danzar, más que no a vella.
        Pero ha de ser disfrazado
        si es que máscaras se admiten.
ADONÍAS: En los saraos se permiten.
AMÓN: ¡Lástima tengo al casado
        con una mujer a cuestas!
ELIAZER: Poco en eso te pareces
        a tu padre.
AMÓN: Muchas veces
        de ese modo me molestas.

          Ya sé que a David, mi padre,
          no le han parecido mal,
          testigo la de Nabal
          y Bersabé, hermosa madre
          del risueño Salomón.
ADONÍAS: Y las muchas concubinas,
          cuyas bellezas divinas
          milagro del mundo son.
ABSALÓN: Gana he tenido de verlas
AMÓN: Guárdalas el rey, de suerte
          que aun no ha de poder la muerte
          hallar por donde vencerlas.
ABSALÓN: El recato de palacio
          y poca seguridad
          de la femenil beldad
          no las deja ver despacio.
          Mas, por Dios, que ha pocos días
          que a una muchacha que vi
          entre ellas, Amón, le di
          toda el alma.
AMÓN: Oye, Adonías,
          del modo que está Absalón.
          ¿A la mujer de tu padre?
ABSALÓN: Sólo perdono a mi madre.
          Tengo tal inclinación,
          que con quien celebra bodas,
          envidiando su vejez,
          me enamoro, y habrá vez
          en que he de gozarlas todas.
AMÓN: La belleza y la locura
          son hermanas. Eres bello
          y estás loco.
ADONÍAS: A tu cabello
          atribuye tu ventura
          y no digas desatinos.
          Ya es de noche, ¿qué has de hacer?
ABSALÓN: Cierta dama he de ir a ver,
          en durmiendo sus vecinos.
ADONÍAS: Yo me pierdo por jugar.
AMÓN: Yo que ni adoro ni juego

          leeré versos.
ABSALÓN: Buen sosiego.
AMÓN: En esto quiero imitar
          a David, pues no le imito
          en amar, ni quiero tanto.
ABSALÓN: Serás poeta a lo santo.
AMÓN: Los psalmos en verso ha escrito;
          que es Dios la musa perfeta,
          que en él influyendo está.
ADONÍAS: Misterios escribirá,
          que es guerrero y es profeta.

                Vanse ABSALÓN y ADONÍAS

ELIAZER: ¿Qué habemos de hacer agora?
AMÓN: No sé qué se me ha antojado.
ELIAZER: ¿Mas si estuvieres preñado?
AMÓN: Tanta mujer que enamora
          a mi padre, ausente y viejo,
          ¿qué puede hacer encerrada?
          pues, es cosa averiguada
          que la que es de honor espejo
          en la lealtad y opinión,
          en fin, es frágil sujeto
          Y un animal imperfeto.
JONADAB: Si toda la privación
          es del apetito madre,
          deseará su liviandad
          el hombre, que es su mitad;
          y no estando ya tu padre
          para fiestas, ya lo ves...
ELIAZER: Iráseles en deseos
          todo el tiempo, sin empleos
          de su gusto.
JONADAB: Rigor es
          digno de mirar despacio.
AMÓN: Bien filosofáis los dos.
ELIAZER: Lástima tengo, por Dios,
          a las damas de palacio

encerradas como en hucha.
AMÓN: El tiempo está algo pesado,
      y con la noche y nublado
      la oscuridad que hace, es mucha.
          ¿Quién duda que en el jardín
      pedirán limosna al fresco
      las damas? Lo que apetezco
      he de ejecutar, en fin.
          Curioso tengo hoy de ser.
ELIAZER: ¿Pues qué intentas?
AMÓN: ¿Qué? Saltar
      aqueste muro y entrar
      dentro del parque, Eliazer,
          y ver qué conversación
      a las damas entretiene
      de palacio.
ELIAZER: Si el rey viene
      a saberlo, no es razón
          que le enojes; pues no ignoras
      que al que aquí dentro cogiese,
      por más principal que fuese
      viviría pocas horas;
          que las casas de los reyes
      gozan de la inmunidad
      de los templos.
AMÓN: Es verdad;
      mas no se entienden las leyes
          con el príncipe heredero.
      Príncipe soy de Israel,
      el calor que hace es crüel,
      y así divertirme quiero.
          En dando yo en una cosa,
      ya sabes que he de salir
      con ella.
JONADAB: Empieza a subir;
      mas siendo tan peligrosa
          y de tan poco provecho
      no me parece que es justo.
AMÓN: Provecho es hacer mi gusto.
ELIAZER: ¿Y después que le hayas hecho?

AMÓN: Esto ha de ser, ¡vive Dios!
          Vamos los tres a buscar
          por donde poder entrar.
ELIAZER: ¿Entrar, quién?
AMÓN: Yo, que los dos
          fuera me esperaréis.
ELIAZER: Alto.
AMÓN: Hacia allí he visto unas hiedras,
          que abrazadas a sus piedras,
          aunque el muro está bien alto,
          de escala me servirán.
ELIAZER: Vamos, y a subir empieza.
          En dándole en la cabeza
          una cosa, no podrán
          persuadirle a lo contrario
          catorce predicadores.
JONADAB: ¡Qué extraños son los señores!
ELIAZER: Y el nuestro, ¡qué temerario!

Vanse todos. Salen DINA con guitarra, y TAMAR

TAMAR: ¿Viste jamás tal calor?
          Aunque tú mejor lo pasas
          que yo.
DINA: ¿Pues por qué mejor?
TAMAR: Porque no juntas las brasas
          del tiempo, al fuego de amor.
          Mas yo, que no puedo más;
          y a mi amor junto el bochorno
          que hace.
DINA: ¡Donosa estás!
TAMAR: ¿Qué seré?
DINA: Serás un horno,
          en que a Joab cocerás
          pan de tiernos pensamientos,
          a sustentarle bastantes
          contra recelos violentos.
TAMAR: Sí, que en eso a los amantes
          paga Amor en alimentos.
DINA: ¡Notable calma! No mueve
          una hoja el viento siquiera.

TAMAR: Si aquesta fuente se atreve
            a aplacar su furia fiera
            que en la taza de oro bebe
              de su arena aqueste prado,
            dénos su margen asiento.
DINA: En cojines de brocado
            sus flores de ciento en ciento
            te ofrecen su real estrado;
              que, en fin, como eres infanta
            no te contentas con menos.
TAMAR: Pues traes instrumentos, canta;
            que en los jardines amenos
            así Amor su mal espanta.
DINA: Yo no tengo que espantar,
            que no estoy enamorada;
            ni al viento puedes llamar;
            pues siendo tan celebrada
            en la música Tamar
              como en la belleza, a oírte
            correrá el céfiro manso,
            alegre por divertirte.
TAMAR: ¿Lisonjéasme?
DINA: Descanso
            si amores llego a decirte.

            Sale AMÓN, sin ser visto por ellas

AMÓN: La mocedad no repara
            en cuanto intenta y procura;
            la noche mi gusto ampara,
            cuanto me entristece oscura
            me alegra esta fuente clara.
              Como no sé dónde estoy,
            en cuanto topo tropiezo.
            .... [-oy]
DINA: Cuando yo a cantar empiezo,
            treguas a mis penas doy.
TAMAR: Dame, pues, ese instrumento.
AMÓN: Mi deseo se cumplió.

Aquí hablar mujeres siento.
TAMAR: La música se inventó
en alivio del tormento.
AMÓN: Cantar quieren; no pudiera
venir a tiempo mejor.
TAMAR: ¡Ay si mi amante me oyera!
AMÓN: No hay parte en que no entre amor.
Hasta aquí llegó su esfera.

Canta

TAMAR: *"Ligero pensamiento,*
del amor, pájaro alegre,
que viste la esperanza
de plumas y alas verdes;
si fuente de tus gustos
es mi querido ausente,
donde amoroso asistes,
donde sediento bebes,
tu vuelta no dilates
cuando a su vista llegues,
que me darán tus dichas
envidia si no vuelves.
Pajarito que vas a la fuente,
bebe y vente.
Correo de mis quejas
serás cuando le lleves
en pliegos de suspiros
sospechas impacientes
Con tu amoroso pico;
si en mi memoria duerme,
del sueño de su olvido
es bien que le despiertes;
castígale descuidos,
amores le agradece,
preséntale firmezas,
favores le promete.
Pajarito que vas a la fuente,
bebe y vente."

AMÓN: ¡Qué voz tan apacible!
            ¡Qué quejas tan ardientes!
            ¡Qué acentos tan süaves!
            ¡Ay, Dios! ¿Qué hechizo es éste?
            A su meliflüo canto,
            corrido el viento vuelve,
            que en fe que se detuvo,
            muy bicn puede correrse;
            y por acompañar
            su voz, la hace que temple
            los tiples de estas hojas,
            los bajos de estas fuentes,
            Amor, no sé qué os diga,
            si vuestro rigor viene
            a oscuras y de noche
            porque los ojos cierre,
            como a la voz iguale
            la belleza que suele
            ser ángel en acentos
            y en rostro ser serpiente
            ¡Triunfad, niño absoluto,
            de un corazón rebelde,
            si rústico, ya noble,
            si libre, ya obediente!
DINA: Vuelve a cantar, señora,
            que por oírte y verte
            el sol, músico ilustre,
            anticiparse quiere.
AMÓN: Si por verla y oirla
            sus rayos amanecen,
            ¿quién duda que es hermosa?
            ¿Quién duda que conviene
            su cara con su canto?
            ¡Ay, Dios, quién mereciese
            atestiguar de vista
            lo que de oídos siente!
TAMAR: ¡Qué he de cantar, si lloro!
AMÓN: Entrad, celos crüeles;
            servid de rudimentos
            con que mi amor comience.

¿Mujer ausente y firme?
¿Celoso yo y presente?
¿Sin ver enamorado?
¿Hoy libre y hoy con leyes?
¡Oh, milagrosa fuerza
de un ciego dios que vence,
sin ojos y con alas,
cuanto desnudo, fuerte!
DINA: Así tu amante goces,
y de tus años cuentes
los lustros a millares
en primavera siempre,
que, prosiguiendo, alivies
el calor que suspendes
y olvidas con oírte.
TAMAR: Va, pues que tú lo quieres.

Canta

"¡Ay, pensarniento mío,
cuanto allá te detienes!
¡Qué leve que te partes!
¡Con qué pereza vuelves!
¡Celosa estoy que goces
de mi adorado ausente
la vista con que aplacas
la ardiente sed de verle!
Si acaso de sus labios
el dulce néctar bebes,
que labran sus palabras
y hurtarle algunas puedes.
Pajarito que vas a la fuente,
bebe y vente."

AMÓN: ¿Hay más apacible rato?
¡Espíritus celestiales,
si entre músicas mortales,
ver queréis vuestro retrato,
venid conmigo! Acercarme

quiero un poco; mas caí.

Cae

TAMAR: ¡Ay, cielos! ¿Quién está ahí?
AMÓN: Ya es imposible ocultarme,
            aunque la noche es de suerte
            que mentir mi nombre puedo;
            pues con su oscuridad
            quedo seguro que nadie acierte
            y vea el traje en que estoy.
TAMAR: ¿Qué es esto?
AMÓN: Déme la mano;
            hijo soy del hortelano,
            que he caído. Al diablo doy
            la música, que ella hué
            ocasión que tropezase
            en un tronco y me quebrase
            la espinilla, ¿no me ve?
DINA: ¿No veis vos por dónde andáis,
            y os hemos de ver nosotras?
AMÓN: ¡Pardios, damas o quillotras,
            lindamente lo cantáis!
            Oyéraos yo doce días
            sin dormir.
TAMAR: ¿Haos contentado?
AMÓN: ¡Pardiós, que lo habéis cantado
            como un gigante Golías!
            Dadme la mano, que peso
            un monte. [(Se la tomé.   **Aparte**
            Juro que cuando besé]

Bésasela

            que a la miel me supo el beso.)
TAMAR: Atrevido sois, villano.
AMÓN: ¿Qué quiere? Siempre se vido,
            ser dichoso el atrevido.

TAMAR: Al fin, ¿sois el hortelano?
AMÓN: ¡Sí, pardiez, e inficionado
          a músicas!
DINA: ¡Buen modorro!
AMÓN: ¡Pardios, vos tenéis buen chorro!
          Si en la cara os ha ayudado
             como en la voz la ventura,
          con todo os podéis alzar;
          aunque no se suele hallar
          con buena voz la hermosura.
TAMAR: Tosco pensamiento es ése.
AMÓN: ¿No suele, aunque esto os espanta,
          decirse a la que bien canta,
          "quién te oyese y no te viese?"
TAMAR: Cumpliráos ese deseo
          la oscuridad que hace agora.
AMÓN: Antes me aburro, señora,
          pues ya que os oí no os veo.
TAMAR: Pues, ¿no me habéis conocido?
AMÓN: Sois tantas las que aquí estáis,
          y de día y noche andáis
          pasando el jardín florido,
             que como no me expliquéis
          vueso nombre, no me espanto
          que no os conozca en el canto;
          porque aunque tal vez lleguéis
             a retozarme, y me quejo
          de más de un pellizco y dos
          que me dais, quizá--¡pardiós!--
          porque el rey, que ya está viejo,
             os cumple mal de josticia,
          tiniendo tanta mujer,
          soy rudo en el conocer.
TAMAR: ¡Qué villano!
DINA: ¡Y qué malicia!
TAMAR: ¡Fïad burlas de esta gente!
AMÓN: ¿Quiere decirme quién es
          y llevaréla después
          de flor y fruta un presente?
TAMAR: Sois muy hablador.

AMÓN: (El guante **Aparte**
de la mano le quité

Quítale el guante de la mano

cuando a besarla llegué.)
TAMAR: Vamos.
AMÓN: No se vaya, cante;
        ¡Así le remoce el cielo
    a David, si es su marido!
TAMAR: Mi guante se me ha caído.
AMÓN: Debe de estar en el suelo.
        Halléle--¡pardiós!--que gano
    en hallazgos mucho ya.
TAMAR: ¿Qué es de él?
AMÓN: Tome.
TAMAR: Dadle acá.
AMÓN: (Beséla otra vez la mano.)   **Aparte**

Bésasela

TAMAR: ¿Quién tanta licencia os dió?
        Villano.
AMÓN: Mi dicha sola.
TAMAR: Dadme acá el guante.
AMÓN: Mamóla.

Vásele a dar y búrlala

TAMAR: ¿Luego no le hallaste?
AMÓN: No.
TAMAR: ¿No gustas de lo que pasa?
DINA: Buen jardinero.
AMÓN: (De Amor)   **Aparte**
    ¿Que pensáis todo esto es flor?
TAMAR: Yo haré que os echen de casa.
        ¡Vamos!

DINA: ¿Has de ver mañana
          la boda de Elisa?
TAMAR: Sí.
DINA: ¿Qué vestido?
TAMAR: Carmesí.
AMÓN: Seréis un clavel de grana.
               (De aquí mis venturas saco.) **Aparte**
          Qué, ¿sin cantar más se van?
          ¿Sus nombres no me dirán?
DINA: No, que sois un gran bellaco.

Vanse

AMÓN: Agora, noche, sí que a oscuras quedo,
          pues un sol hasta aquí tuve delante;
          libre de amor entré, ya salgo amante;
          reíame antes de él, ya llorar puedo.
             ¡Ay, amorosa voz, oscuro enredo!
          ¡Cifrad vuestra ventura en solo un guante,
          que si iguala a su música el semblante
          victorioso quedáis, yo os lo concedo!
             ¡Cuando más descuidado, más rendido!
          Sin saber a quien quiero, enamorado;
          asaltando murallas y vencido!
             Mas dichoso, rapaz, vuestro cuidado,
          si sacando quién es por el vestido,
          la suerte echáis no en blanco, en encarnado.

               *Vase. Salen ABSALÓN, ADONÍAS,
                    ABIGAÍL, reina, y BERSABÉ*
ABIGAÍL: ¿Quedaba el rey, mi señor,
          bueno?
ABSALÓN: Alegre salud goza;
          que en el bélico furor
          parece que se remoza
          y le da sangre el valor.
ABIGAÍL: Quitaréle la memoria
          de nosotras, el deseo

del triunfo de esa victoria.
ADONÍAS: Amaros es su trofeo;
conservaros es su gloria.
ABSALÓN: Poca ocasión habrá dado
a que su olvido os espante;
pues no sé que se haya hallado,
ni en guerra, más firme amante,
ni en paz, más diestro soldado.
   En la más ardua victoria
es vuestro amor buen testigo
que tiene, en fe de su gloria,
la espada en el enemigo
y en vosotras la memoria.
ADONÍAS: Bien sabe eso Bersabé
y Abigail no lo ignora.
ABIGAÍL: Que estoy triste sin él, sé.
BERSABÉ: Y yo que en su ausencia llora
quien vive cuando le ve.
ABIGAÍL: ¿Pensáis volveros tan presto
al cerco?
ADONÍAS: Las treguas son
tan breves, que el rey ha puesto
que no sufran dilación.
ABSALÓN: Yo, mañana, estoy dispuesto
a partirme.
ADONÍAS: Y yo también.
ABIGAÍL: Escribiré con los dos
al rey, que si quiere bien
dedique psalmos a Dios,
seguro en Jerusalén,
   y en la guerra no consuma
la plata que peina helada,
que, aunque en su esfuerzo presuma,
el viejo cuelga la espada
y el sabio juega la pluma.
ABSALÓN: A ambas cosas se acomoda
mi padre.
BERSABÉ: Galán venís,
Absalón.
ABSALÓN: Soy hoy de boda.

BERSABÉ: Y vos, infante, salís
             para que la corte toda
             se vaya tras vos perdida.
ADONÍAS: Autorizamos la fiesta
             que es la novia conocida.

Salen AMÓN, muy triste, y JONADAB y ELIAZER

ELIAZER: ¿Qué novedad será ésta,
             señor?
AMÓN: Es mudar de vida.
JONADAB: ¿Qué te sucedió que así
             desde que el jardín entraste,
             ni duermes, ni estás en ti?
ELIAZER: ¿Qué viste cuando llegaste?
AMÓN: Triste estoy porque no vi.
             Dejadme, que de opinión
             y vida, mudar pretendo;
             no quiero conversación,
             porque va, con quien me entiendo
             sólo es mi imaginación.
             (¡Ay, encarnado vestido,   **Aparte**
             si a verme salieses ya!
ABSALÓN: ¡Oh, príncipe!
ABIGAÍL: ¡Amón querido!
AMÓN: Las treguas que David da
             a veros nos han traído.
ADONÍAS: Y agora el casarse Elisa,
             nuevas fiestas ocasiona
             que dan a las galas prisa.
AMÓN: Merécelo su persona.
ABSALÓN: Para vos cosa de risa
             son casamientos y amores.
AMÓN: No sé lo que en eso os diga.

Sale un CRIADO

CRIADO: Josefo espera, señores,

que le honréis.
ADONÍAS: Y él nos obliga
      a que le hagamos favores.
ABSALÓN: ¿Venís, príncipe?
AMÓN: Después,
      que tengo qué hacer agora.
ABSALÓN: Adonías, vamos pues.

AMÓN: Salid ya, encarnada aurora,
      prostraréme a vuestros pies,
         salid, celeste armonía
      que en la voz enamoráis,
      vea vuestro sol mi día,
      y sepa yo si igualáis
      la cara a la melodía.
         ¿Si mudará parecer?
      ¿Si trocará la color
      que mi remedio ha de ser?
      ¿Si querrá vengarse Amor
      de mi libre proceder?
         No lo permitáis, dios ciego;
      sepa yo, pues que me abraso,
      quién es la que enciende el fuego;
      no hagáis de arrogancias caso,
      pues las armas os entrego.
         Ya salen acompañando
      a los desposados, todos.

*Salen la MÚSICA y toda la
compañía de dos en dos muy bizarros; y saca TAMAR
un vestido rico de carmesí, y los novios detrás;
dan una vuelta y éntranse*

      Dudo, alegre, terno amando;
      ¡ay, Amor! ¡Por qué de modos
      almas estáis abrasando!

Quiero, escondido, de aquí,
ver sin ser visto, si pasa
quien me tiraniza así.
¡Ay Dios, ya el fuego me abrasa
de un vestido carmesí!
    ¿No es ésta de lo encarnado
mi hermana? ¿No es ésta, cielos,
Tamar? ¡Buena suerte he echado!
¡Ay, imposibles desvelos!
¿De mi hermana enamorado?
    ¡Malhaya el jardín, amén;
la noche triste y oscura,
mi vuelta a Jerusalén;
malhaya, amén, mi locura,
que para mal de mi bien,
    libre me obligó a saltar
los muros de Amor tirano!
¡Alma, morir y callar,
que siendo amante y hermano
lo mejor es olvidar!
    Más vale, cielos, que muera
dentro mi pecho esta llama
sin que salga el fuego afuera;
ausente, olvida quien ama,
amor es pasión ligera.
    Al cerco quiero partirme,
que a los principios se aplaca
la pasión que no es tan firme.
¡Eliazer!

Salen ELIAZER y JONADAB

ELIAZER: Gran señor.
AMÓN: Saca...
ELIAZER: ¿Qué quieres?
AMÓN: Quiero vestirme
    de camino y al campo ir.
    Preven tus botas y espuelas.
JONADAB: Postas voy a prevenir.

AMÓN: Pero ciego y con pigüelas,
        ¿cómo podrá el sacre huír?
        Deja eso; dame un vaquero
        de tela, sácame un rostro,

Vanse ELIAZER y JONADAB

        que hallarme en el sarao quiero.
        De imposibles soy un mostro;
        esperando desespero.
        Ame el delfín al cantor,
        al plátano el persa adore
        a la estatua tenga amor
        el otro, el bruto enamore
        la asiria de más valor;
        que de mi locura vana
        el tormento es más atroz
        y la pasión más tirana,
        pues me enamoró una voz
        y adoro a mi misma hermana.

Salen ELIAZER y JONADAB

JONADAB: Aquí están rostro y difraz.
AMÓN: Vístemé, pues; pero quita
        que este rigor pertinaz
        con la razón precipita
        de mi sosiego la paz
        ¡Dejadme solo! ¿No os vais?
ELIAZER: (¿Qué le habrá dado a este loco?   **Aparte**

Vanse ELIAZER y JONADAB

AMÓN: Penas, si esto amor llamáis,
        en distancia y tiempo poco
        su infierno experimentáis.
        No quiera Dios que un deseo

desatinado y crüel
venza con amor tan feo
a un príncipe de Israel.
Morir es noble trofeo.
   Incurable es mi dolor;
pues ya soy vuestro vasallo
ciego dios, dadme favor
por que adorar y callallo
son imposibles de amor.

*Vase. Salen todos los de la boda, y TAMAR con
ellos, y siéntanse*

TAMAR: Gocéis, Josefo, el estado
            con Elisa, años prolijos,
            con la vejez coronado
            de nobles y hermosos hijos,
            fruto de amor sazonado.
JOSEFO: Si vuestra alteza nos da
            tan felices parabienes
            ¿quién duda que gozará
            nuestra ventura los bienes
            que nos prometemos ya?
ELISA: A lo menos descaremos
            toda esa dicha, señora,
            porque con ella paguemos
            lo mucho que desde agora
            a vuestra alteza debemos.

Sale un CRIADO

CRIADO: Máscaras quieren danzar.
TAMAR: Dése principio a la fiesta.

Sale AMÓN de máscara

JOSEFO: El cielo pintó en Tamar
            con una hermosura honesta
            un donaire singular.

Danzan y entretanto AMÓN, de máscara,
hinca la rodilla al lado de TAMAR

AMÓN: (¿De qué sirve entre los dos   **Aparte**
            mi rebelde resistencia,
            Amor, si en fuerzas sois Dios
            y tiráis con tal violencia
            que al fin me lleváis tras vos?
               Desocupado está el puesto
            de mi imposible tirana;
            deudor os soy solo en esto.
            ¡Qué de estorbos, crüel hermana,
            en mi amor el cielo ha puesto!)

Habla a TAMAR

            Por gozar tal coyuntura
               bien me holgara yo, señora,
            que casara mi ventura
            una dama cada hora;
            puesto que la noche oscura
            también voluntades casa,
               hecho tálamo un jardín,
            donde, cuando el tiempo abrasa,
            con voces de un serafín
            hizo cielo vuestra casa.
            .... [-ín].
               Yo sé quien, antes de veros,
            enamorado de oíros,
            los árboles lisonjeros
            movió anoche con suspiros
            y a vos no pudo moveros.
               Yo sé quien besó una mano
            dos veces--¡fueran dos mil!--

yo sé...
TAMAR: Fingido hortelano,
          para vuestro mal sutil
          y para mi honor villano;
            ya el engaño he colegido,
          que en fe de su oscuridad,
          os hizo anoche atrevido.
          La sagrada inmunidad
          del palacio habéis rompido;
            pero, agradeced que intento
          no dar a esta fiesta fin
          que lastime su contento;
          que hoy os sirviera el jardin
          de castigo y escarmiento.
AMÓN: De castigo, cosa es clara,
          que vuestro gusto cumplió
          mi fortuna siempre avara,
          pero de escarmiento no.
          ¡Ojalá que escarmentara
            yo en mí mismo! Más no temo
          castigos, que el cielo me hizo
          sin temor, con tanto extremo
          que yo mismo el fuego atizo
          y brasas en que me quemo.
TAMAR: ¿Quién sois vos, que habláis ansí?
AMÓN: Un compuesto de contrarios,
          que desde el punto que os vi,
          me atormentan, temerarios,
          y todos son contra mí.
            Una quimera encantada;
          soy una esfinge en quien lucho,
          un volcán en nieve helada,
          y, en fin, por ser con vos mucho,
          no vengo, infanta, a ser nada.
TAMAR: ¿Vióse loco semejante?
AMÓN: Yo sé que anoche perdistes,
          porque yo ganase, un guante;
          la mano que a un pastor distes
          dadla agora a un firme amante.
TAMAR: Máscara descomedida,

levantáos luego de aquí,
que haré quitaros la vida.
AMÓN: Esa anoche la perdí;
tarde vendrá quien la pida.
   Mas, pues no es bien que un villano
más favor de noche hagáis
que a un ilustre cortesano,
que queráis o no queráis
os he de besar la mano.

Bésala y vase

TAMAR: ¡Ola, matadme ese hombre!

Levántanse todos

¡Dejad la fiesta, seguidle!
JOSEFO: ¿Qué tienes? ¿Qué hay que te asombre?
TAMAR: ¡No me repliquéis, heridle.
¡Dadle muerte o dadme nombre
   de desdichada!
ELIAZER: Dejemos
el sarao, que hacer es justo
lo que manda.
JOSEFO: Siempre vemos
que del más cumplido gusto
son pesares los extremos.

FIN DE LA PRIMERA JORNADA

ACTO SEGUNDO

Sale AMÓN, vistiéndose, muy
melancólico, con ropa y montera, y ELIAZER y JONADAB

JONADAB: No lo aciertas, gran señor,
   en levantarte.
AMÓN: Es la cama
   potro para la paciencia.
ELIAZER: Un discreto la compara
   a los celos.
AMÓN: ¿De qué modo?
ELIAZER: De la suerte que regalan
   cuando pocos, si son muchos,
   o causan flaqueza o matan.
AMÓN: Bien has dicho. ¡Hola!
JONADAB: Señor.
AMÓN: Dadle cien escudos.
ELIAZER: Pagas
   como príncipe, no solo
   las obras, más las palabras.
AMÓN: ¿Qué es esto?
JONADAB: Darte aguamanos.
AMÓN: Si con fuego me lavara
   pudiera ser que estuviera
   mejor, pues me abrasa el agua.
   Dime algo que me entretenga.
   ¿Qué es la causa de que callas
   tanto, Eliazer?
ELIAZER: No sé cómo
   darte gusto; ya te enfadas
   con que hablando te diviertan,
   ya darte música mandas,
   ya a los que te hablan despides,
   y riñes a quien te canta.
JONADAB: Ésta tu melancolía

tiene, señor, lastimada
a toda Jerusalén.
ELIAZER: No hay caballero ni dama
que a costa de alguna parte
de su salud, no comprara
la tuya.
AMÓN: ¿Quiérenme mucho?
ELIAZER: Como a su príncipe.
AMÓN: Basta.
No me habléis más en mujeres.
¡Pluguiera a Dios que se hallara
medio con que conservar
la naturaleza humana
sin haberlas menester
¿Vino el médico?
JONADAB: ¿No mandas
que ninguno te visite?
AMÓN: Si supieran como parlan,
no estuviera enfermo yo.
ELIAZER: No estudian, señor, palabra;
sangrar y purgar son polos
de su ciencia.
AMÓN: Y su ganancia.
JONADAB: Todo es seda, ámbar y mulas;
si dos de ellos envïara
a Egipto o Siria, David,
con solas plumas, mataran
más que su ejército todo.
ELIAZER: Juntáronse ayer en casa
de Délbora, seis doctores,
que ha días que está muy mala,
para consultarse entre ellos
la enfermedad, y aplicarla
algún remedio eficaz.
Apartáronse a una sala,
echando la gente de ella;
dióle gana a una crïada,
que bastaba ser mujer,
de escuchar lo que trataban;
y cuando tuvo por cierto

que del mal filosofaban,
de la enferma, y experiencias
acerca de él relataran,
oyó preguntar al uno,
"Señor doctor, ¿qué ganancia
sacará vuesa merced
una con otra semana?"
Respondió, "cincuenta escudos,
con que he comprado una granja,
veinte aranzadas de viñas,
y un soto en que tengo vacas;
pero no me descontenta
el buen gusto de las casas
que tuvo vuesa merced."
Dijo otro, "Son celebradas.
No sé qué hacer del dinero
que gano. ¡Cosa extremada
es ver que, sin ser verdugo
porque matamos nos pagan!"
"Dejan eso," replicó
otro, "y decid de qué traza
os fué en el juego de anoche."
"Perdí, son suertes voltarias,
pero ¿tenéis muchos libros?"
"Doscientos cuerpos no bastan,
con cuatro dedos de polvo,
que ni ellos hablan palabra
ni yo las que encierran miro.
Ostentación e ignorancia
nos han dado de comer;
más ha de cuatro semanas
que no hojeo, si no son
pechugas de pavos, blancas,
lomos de gazapos tiernos
y con pimienta y naranja,
perdiz, pichón y vaquita,
--así a la ternera llaman
los hipócritas al uso--
Pero lo parlado basta;
vamos a ver nuestra enferma,

que estará muy confïada
en nuestra consulta." Fueron
y dijo el de mayor barba,
"Lo que se saca de aquí
es que al momento se haga
una fricación de piernas,
y por todas las espaldas
la echen catorce ventosas,
las tres o cuatro sajadas.
Pónganla en el corazón
un socrocio, y fomentada
con manteca de azahar,
tenga en el cielo esperanza
que la consulta de hoy
la ha de dar muy presto sana."
Diéronles doscientos reales
y volviéronse a su casa
bien medrados de la junta
como te he contado.
AMÓN: Calla,
relator impertinente,
que me atormentas y cansas.
¿Es posible que hables tanto?
ELIAZER: ¿Tú, señor, no me lo mandas?
Si callo, te doy pesar;
en hablando me amenazas.
Dios te de sosiego y gusto.
AMÓN: ¿Qué es aquello? ¡Hola! ¿quién canta?
JONADAB: Músicos que recibistes
para que sus consonancias
tu melancólico humor
alivien.
AMÓN: ¡Industria vana!

MÚSICOS: *"Pajaricos que hacéis al alba*
con lisonjas alegre salva,
cantadle a Amón,

AMÓN: Hola, Eliazer, Jonadab,
             ¡echadlos por las ventanas!
             ¡Dadlos muerte! ¡Sepultadlos!
             Haciendo ataúd las tablas
             de sus necios instrumentos
             tendrán sepultura honrada,
             como gusanos de seda
             en sus capullos.
JONADAB: ¡Qué extraña
             pasión de melancolía!
AMÓN: ¿No imitan en una casa
             a su señor los crïados?
             ¿Yo llorando y ellos cantan?
             ¿Mi enfermedad les alegra?

Dichos y sale un MAESTRO de armas

ELIAZER: Aquí está el maestro de armas
             que viene a darte lección.
AMÓN: Dadme, pues, la negra espada,
             aunque pues se queda en blanco
             mi nunca verde esperanza,
             mejor que la espada negra
             pudiera jugar la blanca.
MAESTRO: Vuelva el cielo, gran señor,
             los colores a tu cara,
             que la tristeza marchita
             con la salud que te falta.
AMÓN: Retórico impertinente,
             el que es diestro jamás habla;
             jugad las armas callando
             o no os preciéis de las armas.
MAESTRO: Perdóneme vuestra alteza.
             Dije en la lección pasada
             que con estas dos posturas

  al enemigo se ganan
  medio pie de tierra.
AMÓN: Siete,
  que son los que a un cuerpo bastan;
  cuando os haya muerto a vos,
  darán quietud á mis ansias.

Da tras el MAESTRO

MAESTRO: ¿Qué es que hace vuestra alteza?
AMÓN: Castigar vuestra arrogancia.
  Necios, el mal que me aflige
  siendo de amor, no se saca
  con bélicos instrumentos.
  Morid todos, pues me matan
  invisibles enemigos.

Corre detrás de todos

MAESTRO: Huyamos, mientras se amansa
  el frenesí de su furia.

Huyen todos

AMÓN: Si hubiera armas que mataran
  la memoria que me aflige,
  ¡qué buenas fueran las armas!
  Hola, Eliazer, Jonadab,
  Josepho, Abiatar, Sisara.
  ¿No hay quien venga a dar alivio
  al tormento que me abrasa?

Salen ELIAZER y JONADAB

JONADAB: Gran señor, sosiégate.
AMÓN: ¿Cómo? Si es quimera mi alma

de contradicciones hecha,
de imposibles sustentada.
¿No estaba en la cama yo?
¿Quién me ha cubierto de galas?
Desnudadme presto, presto.
ELIAZER: Tú te vistes y levantas
contra la opinión de todos.
AMÓN: Mentís.
JONADAB: Desnúdale y calla.
AMÓN: ¿Yo sedas en vez de luto?
¡Ay, libertad malograda!
¿Muerta vos y yo de fiestas?
Sayal negro, jerga basta,
os tienen de hacer desde hoy
las obsequias lastimadas.

Suenan cajas dentro

¿Qué es esto?
JONADAB: Gran señor, viene
tu padre, rey y monarca
de las doce ilustres tribus,
entre clarines y cajas,
triunfando a Jerusalén
después que por tierra iguala
del idólatra Amonita
las ciudades rebeladas.
Sálenle, con bendiciones,
músicas, himnos y danzas
a recibir a sus puertas,
cubiertas de cedro y palma,
los cortesanos alegres,
y la victoria lo cantan
con que triunfó de Golias
sus agradecidas damas.
Sal a darle el parabién,
y con su célebre entrada
suspenderás tu tristeza.
AMÓN: Al melancólico agravan

el mal, contentos ajenos.
Idos todos de mi casa,
dejadme a solas en ella,
mientras veis que me acompañan
desesperación, tristeza,
locura, iniposibles, rabia,
pues cuando mi padre triunfe
muerte me darán mis ansias.

Vase AMÓN

JONADAB: ¡Lastimoso frenesí!
ELIAZER: ¿Que no se sepa la causa
de tanto mal?
JONADAB: ¿Si es de amor?
ELIAZER: A serlo, ¿quién rehusara
a quien hereda este reino?
JONADAB: No sé, por Dios. Mas, pues, calla
la ocasión de su tristeza,
o Amón está loco o ama.

Vanse. Salen, marchando con mucha
música, por una puerta JOAB, ABSALÓN,
ADONÍAS y tras ellos, DAVID, viejo coronado; por otra
puerta salen TAMAR, BERSABÉ, MICOL y SALOMÓN. Dan
vuelta y dice..

DAVID: Si para el triunfo es lícito, adquirido
después de guerras, levantar trofeos,
premio, si muchas veces repetido,
aliento de mis bélicos deseos;
si tras desenterrar del viejo olvido
de asirios, madianitas, filisteos,
de Get y de Canán victorias tantas,
inexausta materia a plumas santas;
   si después que en los brazos guedejudos
del líbico león, fuerzas bizarras
hipérboles venciendo, hicieron mudos

elogios, que el laurel convierte en parras,
y en juvenil edad miembros desnudos,
galas haciendo las robustas garras
del oso informe entre el crespado vello
como joyas sus brazos me eché al cuello;
    en fin, si tras hazañas adquiridas
en la robusta edad, que Amor dilata,
gravada en su memoria las heridas,
ejecutoria de quien honras trata,
agora a esta pequeña reducidas,
cuando a mi edad el tiempo paga en plata
el oro que le dió juventud leda,
que, pues se trueca y pasa ya es moneda,
    por solo una corona que he quitado
al Amonita rey de los cabellos;
cuatro coronas mi valor premiado
en vuestros ocho brazos gana bellos,
quisiera, con sus círculos honrado,
que brotaran de aqueste otros tres cuellos,
y hecha Jerusalén de Amor teatro,
viera un amante con coronas cuatro.
    Ya Rábata, que corte incircuncisa
del Amonita fue, rüínas solas
ofrece al tiempo que caduco pisa
montes altivos de cerúleas olas;
ya la tristeza trasformada en risa,
muerta Belona, cuatro laureolas
lisonjean mi gozo con sus lazos,
reduciendo mi cuello a vuestros brazos.
    Micol querida, que por tantos años
a indigno poseedor diste trofeos,
da envidia a la venganza, a Amor engaños,
al tiempo que contar, y a mí deseos;
dadme entre esos abrazos desengaños
como yo a vuestras aras filisteos,
sus prepucios al rey incircuncisos,
plumas al sabio y a la fama avisos.
    Discreta Abigaíl, a quien el cielo
gracia de aplacar cóleras ha dado
del bárbaro pastor en el Carmelo,

premio no merecido ni estimado,
en esos brazos, polos del consuelo,
en quien vive mi amor depositado,
descanse mi vejez, que pues los goza
si largos años cuenta ya está moza.
	Hermosa Bersabé, ninfa del baño,
que sirviéndoos de espejo en fuentes frías,
brillando el sol en ellas, de un engaño
dieron causa a un pequé, lágrimas mías,
ya se restaura en vos el mortal daño
del malogrado por leal Urías,
pues dais quien edifique templo al Arca,
paz a los tiempos y a Israel monarca.
	Y vos, mi Salomón, noble sujeto,
en quien vos ciencia infusa deposite,
de la fábrica célebre Arquitecto
que la gloria de Dios en niebla imite,
el Líbano de Hirau grato y discreto
cedros os corta donde eterna habite
la incorrupción que el tiempo no maltrata,
con oro os sirve Ofir, Tarsis con plata.
	Bellísima Tamar, hija querida,
cárcel del sol, en vuestras hebras preso,
dichosa mi victoria reducida
al triunfo que con veros intereso,
¿cómo estáis?
TAMAR:			Dando albricias a la vida
que vos ausente en contingencia al seso,
gran señor, puso.
ABIGAÍL:			Y yo de mi deseo
pagando costas, pues que sano os veo.
DAVID:		¿Estáis mi Abigaíl buena?
ABIGAÍL:				A serviros
dispuesta, gran señor, eternamente.
DAVID:		¿Ves hermosa Micol?
MICOL:				Tristes suspiros
en gozo trueco, pues os veo presente.
DAVID:		¿Y vos, mi Bersabé?
BERSABÉ:				De ver veniros
tierno en amores, si en valor valiente,

ríndoos toda el alma por despojos,
que a gozaros se asoma por los ojos. DAVID: Ésta
corona, peso de un talento,
          o veinte mil ducados, rica y bella,
          lo fue del Amonita, que os presento
          alegre en ver que sois la piedra de ella.
          Mi general Joab, merecimiento
          de la fama, que envidias atropella,
          de mi victoria la ocasión ha sido
          valiente capitán, si comedido.
              A Rábata redujo a tanto aprieto,
          que cifrando su sed, asoló un pozo;
          dejó su asalto de llevar a efeto
          y ser ejecución de su destrozo,
          por avisarme a lealtad sujeto,
          que a mis victorias aplicase el gozo
          de esta conquista que su fe publica
          las veces que Israel me la dedica.
              Dadle las gracias de ella.
JOAB: En esas plantas,
          puesta la boca, quedaré premiado,
          pues a mayores glorias me levantas
          con sólo el nombre--¡oh rey!--de tu soldado.
          Cuelga ante el Arca con tus armas santas
          trofeos que a la envidia den cuidado,
          y al arpa dulce, de tu gusto abismo
          cántate las victorias a ti mismo.
DAVID: Hablad a mi Absalón, a mi Adonías,
          diestros en guerra, si en la paz galanes.
ABSALÓN: A tu lado, señor, ¿qué valentías
          podrán dar luz a ilustres capitanes?
SALOMÓN: Dadnos los brazos.
ABIGAÍL: Vieron nuestros días,
          al tremolar hebreos tafetanes,
          juntar en dos sujetos la ventura,
          el esfuerzo abrazando a la hermosura.
DAVID: Mi Amón; mi mayorazgo; el primer fruto
          de mi amor ¿cómo está?
ABIGAÍL: Dando a tu corte
          tristeza en verle, a su pesar tributo,

priva a la muerte que sus años corte,
llanto a sus ojos, y a nosotras luto;
pues callando su mal, no hay quien reporte
la pálida tristeza que, enfadosa,
gualdas siembra en su cara y hurta rosa.
SALOMÓN: No hay médico tan célebre que acierte
la causa de tan gran melancolía;
ni con música o juegos se divierte,
ni va a cazar, ni admite compañía.
BERSABÉ: A los umbrales llama de la muerte
para dar a tu reino un triste día.
ABIGAÍL: Háblale, y el dolor que le molesta
aliviarás; su cuadra es, señor, ésta.

*Corren una cortina y descubren a AMÓN
sentado en una silla y muy triste*

DAVID: ¿Qué es esto, amado heredero?
Cuando tu padre dilata
reinos que ganarte trata,
por ser tú el hijo primero,
 dejándote consumir
de tus imaginaciones,
¿luto al triunfo alegre pones
que me sale a recibir?
 Diviértante los despojos
que toda tu corte ha visto;
todo un reino te conquisto,
alza a mirarme los ojos;
 llega a enlazar a mi cuello
los brazos, tu gusto admita
esta corona, que imita
el oro de tus cabellos.
 ¡Hijo! ¿No quieres hablarme?
Alza la triste cabeza
si ya con esa tristeza
no pretendes acabarme.
ABSALÓN: Hermano, ¿la cortesía
cuándo no tuvo lugar

en vuestro pecho, a pesar
de cualquier melancolía?
   Mirad que el rey, mi señor
y padre, hablándoos está.
ADONÍAS: Si Adonías causa da
a conservar el amor
   que en vos mostró la experiencia,
por él os ruego que habléis
a un monarca que tenéis
llorando en vuestra presencia.
SALOMÓN: No agüéis tan alegre día.
TODOS: Príncipe, volved en vos.
DAVID: ¡Amón!
AMÓN: ¡Oh, válgame Dios,
   qué impertinente porfía!

Alza la cabeza muy triste

DAVID: ¿Qué tienes, caro traslado
de este triste original,
que en alivio de tu mal,
de todo el hebreo estado
   la mitad darte prometo?
Gózale y no estés así;
pon esos ojos en mí,
de todo mi gusto objeto.
   No se oscurezca el Apolo
de tu cara; el mal despide.
¿Qué quieres? ¡Háblame, pide!
AMÓN: Que os vais y me dejéis solo.
DAVID: Si en esto tu gusto estriba,
no te quiero dar pesar;
tu tristeza ha de causar
que yo sin consuelo viva.
   Aguado has el regocijo
con que Israel se señala.
Pero ¿qué contento iguala
al dolor que causa un hijo?
   ¿Qué no mereciera yo

aunque fingiéndolo fuera,
una palabra siquiera
de amor? ¿Dirásme que no?
   ¡Príncipe, un mirarme sólo!
¡Cruel con mis canas eres!
¿Qué has? ¿Qué sientes? ¿Qué quieres?
AMÓN: Que os vais y me dejéis solo.
ABSALÓN: El dejarle es lo más cuerdo,
pues persuadirle es en vano.
DAVID: ¿Qué vale el reino que gano,
hijos, si al príncipe pierdo?

AMÓN: ¡Tamar! ¡Ah, Tamar! Señora.
   ¡Ah, hermana!
TAMAR: ¡Príncipe mío!
AMÓN: Oye de mi desvarío
la causa que el rey ignora.
   ¿Quieres tú darme salud?
TAMAR: A estar su aumento en mi mano,
sabe Dios, gallardo hermano,
con cuánta solicitud
   hierbas y piedras buscara,
experiencias aprendiera,
montes ásperos subiera,
filósofos consultara,
   para volver a Israel
un príncipe, que la muerte
pretende quitarle.
AMÓN: Advierte
que no siendo tú crüel,
   sin piedras, drogas ni hierbas,
metales, montes o llanos,
está mi vida en tus manos,
y que en ellas la conservas.
   Toma este pulso; en él pon

Tómale

los dedos como instrumento,
a cuyo encendido acento
conceptos del corazón
    entiendas.
TAMAR: Desasosiego
    muestra.
AMÓN: Cáusanle mis penas.
    Sangre encierran otras venas;
    en las mías todo es fuego

Tómale a TAMAR las manos

¡Ay, manos que el alma toca,

Bésaselas

pagando en besos agravios!
¡Quién se hiciera todo labios
para gloria de esta boca!
TAMAR: Por ser tu hermana, consiento
    los favores que me haces.
AMÓN: Y porque ansí satisfaces
    la pena de mi tormento.
TAMAR: Dime ya tu mal; acaba.
AMÓN: ¡Ay, hermana, que no puedo!
    Es freno del alma el miedo.
    Darte parte de él pensaba...
    pero... vete, que es mejor
    morir mudo. ¿No te vas?
TAMAR: Si determinado estás
    en eso, sigo tu humor.
    Voyme. Adiós.
AMÓN: ¡Crueldad extraña!
TAMAR: Oye, vuelvo.
AMÓN: Pero... vete.

TAMAR: Alto.
AMÓN: Vuelve y contaréte
       el fiero mal que me engaña.
TAMAR: Si de una hermana no fías
       tu secreto, ¿qué he de hacer?
AMÓN: (De ser hermana y mujer,   **Aparte**
       nacen mis melancolías.)
              ¿Posible es que no has sacado
       por el pulso mi dolor?
TAMAR: No sé yo que haya doctor
       que tal gracia haya alcanzado.
              Si hablando no me lo enseñas,
       mal tu enfermedad sabré.
AMÓN: Pues, yo del pulso bien sé
       que es lengua que habla por señas.
              Pero pues no conociste
       por él tanto desvarío,
       en tu nombre y en el mío,
       hermana, mi mal consiste
              ¿No te llamas tú Tamar?
TAMAR: Ese apellido heredé.
AMÓN: Quítale al Tamar la T,
       ¿y dirá, Tamar...?
TAMAR: "Amar."
AMÓN: Ése es mi mal; yo me llamo
       Amón; quítale la N.
TAMAR.   Serás "amo."
AMÓN: Porque pene,
       mi mal es amar; yo amo.
              Si esto adviertes, ¿qué preguntas?
       ¡Ay, bellísima Tamar,
       amo y es mi mal amar,
       si a mi nombre el tuyo juntas!
TAMAR: Si como hay similitud
       entre los nombres, la hubiera
       en las personas, yo hiciera
       milagros en tu salud.
AMÓN: Amor, ¿no es correspondencia?
TAMAR: Así le suelen llamar.
AMÓN: Pues si entre Amón y Tamar

hay tan poca diferencia,
   que dos letras solamente
nos distinguen, ¿por qué callo
mi mal, cuando medios hallo
que aplaquen mi fuego ardiente?
   Yo, mi Tamar, cuando fui
contra el amonita fiero,
y en el combate primero
del rey, mi padre, seguí
   las banderas y el valor,
vi sobre el muro una tarde
un sol bello haciendo alarde
de sus hazañas de amor.
   Quedé ciego en la conquista
de sus ojos soberanos
y sin llegar a las manos
me venció sola su vista.
   Desde entonces me alistó
Amor entre sus soldados;
supe lo que eran cuidados
que hasta aquel instante, no.
   Tiré sueldo de desvelos,
sospechas me acompañaron,
imposibles me animaron,
quilataron mi amor celos;
   y procurando saber
quién era la causa hermosa
de mi pasión amorosa
en que me siento encender,
   supe que era la princesa,
hija del bárbaro rey,
contraria en sangre y en ley,
si una sola amor profesa.
   Y, como imposibilita
la nuestra el mezclarse, hermana,
sangre idólatra y pagana
con la nuestra israelita,
   viendo mi amor imposible,
a la ausencia remití
mi salud, porque creí

que de su rostro apacible
   huyendo, el seso perdido,
a pesar de tal violencia,
ejecutara la ausencia
los milagros del olvido.
   Volvíme a Jerusalén,
dejé bélicos despojos,
quise divertir los ojos,
que siempre en su daño ven,
   pero, ni conversaciones,
cazas, juegos o ejercicios,
fueron remedios, ni indicios
de aplacarse mis pasiones.
   Creció mi mal de día en día
con la ausencia; que quien ama,
espuelas de amor la llama,
y, en fin, mi melancolía
   ha llegado a tal extremo
que aborrezco lo que pido,
lo que me da gusto olvido,
y me anima lo que temo.
   Aguardé a mi padre el rey
para que, cuando volviese,
por esposa me la diese;
que, aunque de contraria ley
   la nuestra, hermana, dispensa
del Deuteronomio santo,
con que cuando amare tanto
como yo, y casarse piensa
   con mujer incircuncisa
ganada en lícita guerra,
la traiga a su casa y tierra
donde en paz sus campos pisa,
   le quite el gentil vestido
y la adorne de otros bellos,
le corte uñas y cabellos
y pueda ser su marido.
   Esta esperanza en sosiego
hasta agora conservé,
pero ya, infanta, que sé

que mi padre a sangre y fuego
  la ciudad de quien adoro
destruyó, quedando en ella
muerta mi idólatra bella;
sangre por lágrimas lloro.
  Éste es mi mal, imposible
de sanar; ésta mi historia.
Consérvala mi memoria
para hacerla más terrible.
  ¡Ten piedad, hermana bella,
de mí!
TAMAR: Dios, hermano, sabe
si cuanto es tu mal más grave
me aflije más tu querella.
  Mas yo ¿cómo puedo Amón
remediarte?
AMÓN: Bien pudieras,
si tú, mi Tamar, quisieras.
TAMAR: Ya espero la conclusión.
AMÓN: Mira, hermana de mi vida,
aunque es mi pasión extraña
como es niño Amor, se engaña
con cualquier cosa fingida.
  Llora un niño, y a su ama
pide leche, y dale el pecho
tal vez otra, sin provecho,
donde, creyendo que mama
  solamente se entretiene.
¿No has visto fingidas flores
que, en apariencia y colores
la vista a engañarse viene?
  Juega con la espada negra
en paz, quien la guerra estima,
engañando con la esgrima
las armas con que se alegra;
  hambriento he yo conocido
que de partir y trinchar
suele más harto quedar
que los otros que han comido;
  pues mi amor, en fin, rapaz,

si a engañarle hermana llegas,
si amorosas tretas juegas,
si tocas cajas en paz,
    si le das fingidas flores,
si el pecho toma a un engano,
si esgrime seguro el daño,
si de aparentes favores
    trincha el gusto que interesa,
podrá ser, bella Tamar,
que sin que llegue al manjar
le satisfaga la mesa.
    Mi princesa malograda
fue imagen de tu hermosura;
suspender mi mal procura
en su nombre transformada.
    Sé tú mi dama fingida;
consiente que te enamore,
que te ronde, escriba, llore,
cele, obligue, alabe, pida;
    que el ser mi hermana, asegura
a la malicia sospechas,
y mis llamas satisfechas
al plato de tu hermosura,
    mientras el tiempo las borre,
serás fuente artificial,
que alivia al enfermo el mal,
sin beber, mientras que corre.
TAMAR: Si en eso estriba no más,
caro hermano, tu sosiego,
tu gusto ejecuta luego,
que en mí tu dama hallarás,
    quizá más correspondiente
que la que ansí te abrasó.
Ya no soy tu hermana yo;
preténdeme diligente,
    que, con industrioso engaño,
mientras tu hermana soy,
para que sanes, te doy
de término todo este año.
AMÓN: ¡Oh, lengua medicinal!

¡Oh, manos de mi ventura!

      ¡Oh, cielo de la hermosura!
      ¡Oh, remedio de mi mal!
        Ya vivo, ya puedo dar
      salud a mi mortal llama.
TAMAR: ¿Dícesme eso como a dama,
      o sólo como a Tamar?
AMÓN: Como a Tamar hasta agora;
      más, desde aquí, como a espejo
      de mi amor.
TAMAR: ¿Luego ya dejo
      de ser Tamar?
AMÓN: Sí, señora.
TAMAR: ¿Princesa soy amonita?
AMÓN: Finge que en tu patria estoy,
      y que hablar contigo voy
      al alcázar, donde habita
        tu padre, el rey, que cercado
      por el mío, está afligido;
      y yo en tu amor encendido,
      después de haberte avisado
        que esta noche te he de ver,
      entro atrevido y seguro
      por un portillo del muro,
      y tú, por corresponder
        con mi amor, a recibirme
      sales.
TAMAR: ¡Donosa aventura!
      Comienzo a hacer mi figura.
      (No haré poco en no reirme.)   **Aparte**
AMÓN: Entro, pues. Árboles bellos
      de este jardín, cuyas hojas
      son ojos, que mis congojas
      llora amor por todos ellos,
        ¿habéis visto a quien adoro?
      Pero sí, visto la habéis,

pues el ámbar que vertéis
condensado en gotas de oro,
	de su vista le heredáis.
TAMAR:	¿Si habrá el príncipe venido?
	¿Sois vos, mi bien?
AMÓN:	¿Que he adquirido
el blasón con que me honráis?
	¡Dichoso mi amor mil veces!
TAMAR:	¿Venís solo?
AMÓN:	No es discreto
el amor que no es secreto.
	¿Cómo, amores, no me ofreces
	esos brazos amorosos
que con mis suspiros merco?
Pues que con los míos os cerco,
cielos de amor luminosos,
	zona soy que se corona
con los signos de oro bellos
de esos hermosos cabellos;
estrellas son de esa zona
	esos ojos, esas manos
que al cristal envidia dan;
la vía láctea serán
de mis gustos soberanos.
	¡Ay mis manos, que me abraso

Besa las manos a TAMAR

si a los labios no os arrimo
con que sus llamas reprimo!
Remediadme
TAMAR:	Paso, paso,
	que no os doy tanta licencia.
AMÓN:	¿Dícesme eso como a hermano,
o como amante, que ufano
está loco en tu presencia?
TAMAR:	Como a hermano y a galán;
que si de veras te abrasas,
las leyes de hermano pasas;

        y si favores te dan
        ocasión de que así estés
    la primera vez que vienes
    a ver tu dama, no tienes
    de medrar por descortés.
        Basta, por agora, esto.
    ¿Cómo te sientes?

AMÓN: Mejor.
TAMAR: ¡Donosas burlas!
AMÓN: De amor.
TAMAR: Ya es sospechoso este puesto.
        Vete.
AMÓN: ¿No eres tú mi hermana?
TAMAR: El serio recato pide.
AMÓN: Como a galán me despide.
TAMAR: Vaya, pues esto te sana.
AMÓN: Adiós, dulce prenda.
TAMAR: Adiós.
AMÓN: ¿Queréisme mucho?
TAMAR: Infinito.
AMÓN: ¿Y admitís mi amor?
TAMAR: Sí admito.
AMÓN: ¿Quién es vuestro esposo?
TAMAR: Vos.
AMÓN: ¿Vendré esta noche?
TAMAR: A las once.
AMÓN: ¿Olvidaréisme?
TAMAR: En mi vida.
AMÓN: ¿Quedáis triste?
TAMAR: Enternecida.
AMÓN: ¿Mudaréisos?
TAMAR: Seré bronce.
AMÓN: ¿Dormiréis?
TAMAR: Soñando en vos.
AMÓN: ¡Qué dicha!
TAMAR: ¡Qué dulce sueño!
AMÓN: ¡Ay mi bien!
TAMAR: ¡Ay caro dueño!
AMÓN: Adiós, mis ojos.
TAMAR: Adiós.

JOAB: Escuchando de aquí he estado,
aunque a mi pesar, finezas,
requiebros, gustos, ternezas
de un amor desatinado.
    ¿Úsanse entre los hermanos,
aun de la gente perdida,
esto de mi bien, mi vida,
ceñir cuellos, besar manos?
    "¡Ay, mi esposa!" "¡Ay caro dueño!"
¿Mudaráste?" "Seré bronce."
"Vendré esta noche?" "A las once."
"¿Soñaré en ti?" "¡Dulce sueño!"
    No sé yo que haya señales
de una hermanada afición
como éstas, si ya no son
Tamar, de hermanos carnales.
    En pago de mis hazañas
pedirte al rey pretendí,
por esta causa emprendí
dificultades extrañas.
    El primero que asaltó
a vista del campo hebreo
con muerte del jebusco
muros en Sión, fui yo.
    Su capitán general
el rey profeta me hizo,
con que en parte satisfizo
mi pecho noble y leal.
    En muestras de este deseo
siempre que a la guerra fui,
partí, llegué, vi y vencí;
y agora llego, entro y veo
    amores abominables,
ofensas de Dios, del rey,
de tu sangre, de tu ley;

y con efectos mudables,
   olvidados mis servicios,
menospreciado mi amor,
mal pagado mi valor
y de tu deshonra indicios.
   Mas, gracias a Dios, que ha sido
en tiempo que queda en pie
mi honra. Desde hoy haré
altares al cuerdo olvido;
   al rey diré lo que pasa
como testigo de vista,
pues, cuando extraños conquista,
afrentáis propios su casa;
   y, mientras hace el olvido
en mi pecho habitación,
en el incestuoso Amón
tendrás hermano y marido.
TAMAR: Oye, espera, Joab valiente;
así alargue Dios tus años
que escuches los desengaños
de un amor, sólo aparente.
   Si a un loco que con furor
rey se finge, el que es discreto
por librarle de un aprieto
le va siguiendo el humor,
   le entitula majestad,
le habla hincada la rodilla,
cual vasallo se le humilla,
y teme su autoridad,
   con que su fuerza sosiega;
a que adviertas te provoco
que está Amón de amores loco,
y que de esta pasión ciega
   ha de morir breveinente
con que a mi padre ha de dar,
si no le mata el pesar,
vejez triste e inclemente.
   Quiso a una dama amonita
que con los demás murió
cuando a Rábata asaltó

la venganza israelita.
    Tiénela en el alma impresa
y la ama sin esperanza,
dice soy su semejanza,
y que si del mal, me pesa,
    que le abrasa, finja ser
la que adora, y cuando venga,
con amores le entretenga.
Es mi hermano, sé el poder
    del ciego amor que le quema,
y para que poco a poco
aplaque el tiempo a este loco
seguí, como ves, su tema.
    Mas, pues resulta en tu daño
y en riesgo de mi opinión,
muérase mi hermano Amón
y cese desde hoy tu engaño.
    Si él ama, yo amo también
las partes de un capitán,
el más valiente y galán
que ha visto Jerusalén.
    Pídeme a mi padre luego,
que otras hijas ha casado
con vasallos que no han dado
las muestras que en ti a ver llego,
    y no ofenda esta maraña
el valor de mi firmeza,
ni un amor en la corteza
que a un enfermo amante engaña.

JOAB: Conozco tu discreción
y tus virtudes no ignoro;
tu honesta hermosura adoro
y celebro tu opinión.
    No haya más celos, ni enojos;
perdone a Joab, Tamar,
que desde hoy jura no dar
crédito ni fe a sus ojos.
    Si ser tu esposo intereso,
será premio de mi amor;
en fe de aquese favor

la mano, hermosa, te beso.

*Vase JOAB. Sale AMÓN al mismo tiempo que
JOAB besa la mano a TAMAR*

AMÓN: Besar la mano donde el labio ha puesto
su príncipe, un vasallo, es hecho aleve;
que el vaso se reserva donde bebe
el caballo, el vestido y el real puesto.
   Como hermano, es mi agravio manifiesto;
como amante, a furor mi pecho mueve.
¡Ídolo de mi amor, hermana leve!
¿Tan presto atormentar? ¿Celos tan presto?
   Como amante ofendido y como hermano
a locura y venganza me provocas.
Daré la muerte a tu Joab villano,
   y cuando niegues tus mudanzas locas,
desmentiráte tu besada mano,
pues por tener con qué, buscó dos bocas.
TAMAR: Ya sea, Amón., tu hermana, ya tu dama,
aquella verdadera, ésta fingida,
quimeras deja, tu pasión olvida
que enferma, porque tú sanes, mi fama.
   Si una difunta en mí busca tu llama,
diré que estoy para tu amor sin vida;
si siendo hermana soy de ti oprimida,
razón es que aborrezca a quien me infama.
   No me hables más palabras disfrazadas,
ni con engaños tu afición reboces
cuando Joab honesto amor pretenda;
   que andamos yo y tu dama muy pegadas,
y no sé yo como tu intento goces,
sin que la una de las dos se ofenda.

Vase TAMAR

AMÓN: Ansí te vas, homicida?
¿Con palabras tan resueltas,

la venda y la herida sueltas
para que pierda la vida?
    Pues yo te daré venganza,
crüel, mudable Tamar;
que, en fin, acabas en mar
por ser mar en la mudanza.
    ¡Que me abraso, ingratos Cielos,
que me da muerte mi rigor!

JONADAB: ¿Qué es aquesto, gran señor?
AMÓN: Mal de corazón, de celos.
JONADAB: ¿Celos? ¿No sabré yo, acaso,
        de quién?
AMÓN: Sí, que pues me muero
        ni puedo callar, ni quiero.
        Por Tamar de amor me abraso.
JONADAB: ¿Qué dices?
AMÓN: No me aconsejes;
        dame muerte, que es mejor.
JONADAB: Desatinado es tu amor;
        mas, para que no te quejes
          de mi lealtad conocida,
        tu pasión quiero aliviar.
        Pierda su honra Tamar
        y no pierdas tú la vida.
          Fíngete malo en la cama.
AMÓN: No es mi tormento ficción.
JONADAB: Disimula tu afición
        y al rey, que te adora, llama.
          Pídele que venga a darte
        Tamar, tu hermana, a comer;
        y cuando esté en tu poder,
        no tengo que aconsejarte,
          discreto eres. La ocasión
        lo que has de hacer te dirá.
AMÓN: En ese remedio está
        mi vida o mi perdición.

Ve por mi padre. ¿Qué aguardas?
JONADAB: (Como andas a tiento, amor   **Aparte**
            no distingues de color,
            ni a hermanos respeto guardas.)

Vase JONADAB

AMÓN: Si amor consiste sólo en semejanza,
            y tanto los hermanos se parecen,
            que en sangre, en miembros y en valor merecen
            igual correspondencia y alabanza,
               ¿qué ley impide lo que Amor alcanza?
            De Adán, los mayorazgos nos ofrecen,
            siendo hermanos, ejemplos que apetecen
            lo mismo que apetece mi esperanza.
               Perdones, pues, la ley que mi amor priva,
            vedando que entre hermanos se conserve;
            que la ley natural en contra alego.
               Amor, que es semejanza, venza y viva;
            que, si la sangre, en fin, sin fuego, hierve,
            ¿qué hará sangre que tiene tanto fuego?

Salen DAVID, JONADAB y ELIAZER

DAVID: De que envíes a llamarme,
            hijo, arrimo de mi vida,
            ya mi tristeza se olvida,
            ya vuelves á consolarme.
               Habla, no repares, pide.
AMÓN: Padre, mi flaqueza es tanta,
            que la muerte se adelanta,
            si tu favor no lo impide.
               No puedo comer bocado,
            ni hay manjar tan exquisito,
            que alentando el apetito,
            mi salud vuelva a su estado.
               Como el mal todo es antojos,
            paréceme, padre, a mí

que a venir Tamar aquí,
con solo poner los ojos
   y las manos en un pisto,
una substancia o bebida,
términos diera a la vida,
que ya de camino has visto.
   ¿Quiere, señor, vuestra alteza,
concederme este favor?
DAVID: Poco pides a mi amor:
si ansí alivias tu tristeza,
   Tamar vendrá diligente.
AMÓN: Beso tus pies.
DAVID: Eso es justo.
AMÓN: Guisa Tamar a mi gusto,
y entiéndele solamente.
DAVID: No le quiero dilatar;
voy a llamar a la infanta.

Vase DAVID

AMÓN: Eliazer, dime algo, canta
si alivia a amor el cantar.

Canta

ELIAZER: *"Cuando el bien que adoro*
los campos pisa,
madrugando el alba,
llora de risa.
Cuando los pies bellos
de mi niña hermosa
pisan, juncia y rosa,
ámbar salen de ellos;
va el campo a prenderlos
con grillos de flores,
y muerta de amores,
si el sol la avisa,
madrugando el alba

***Sale TAMAR con una toalla al hombro y una escudilla
de plata entre dos platos de lo mismo***

TAMAR: Mandóme el rey, mi señor,
          que a vuestra alteza trujese
          de mi mano, que comiese,
          porque conozco su humor;
          ya no tendrá buen sabor
          si de gusto no ha mudado,
          porque aunque yo lo he guisado,
          si llaman gracia a la sal,
          yo vendré, príncipe, tal,
          que no estará sazonado.
AMÓN: Jonadab, salte allá fuera,
          cierra la puerta, Eliazer,

Vanse los dos

          que a solas quiero comer
          manjares que el alma espera.
TAMAR: Lo que haces considera.
AMÓN: No hay ya que considerar;
          tú sola has de ser manjar
          del alma a quien avarienta
          tanto ha que tienes hambrienta,
          pudiéndola sustentar.
TAMAR: Caro hermano, que harto caro
          me saldrás si eres crüel;
          príncipe eres de Israel,
          todos están en tu amparo;
          mi honra es espejo claro
          donde me remiro y precio;
          no sufrirá su desprecio
          si le procuras quebrar,
          ni tú otro nombre ganar

que de amante torpe y necio.

Retirándose

           Tu sangre soy.
AMÓN: Ansí te amo.
TAMAR: Sosiega.
AMÓN: No hay sosegar.
TAMAR: ¿Qué quieres?
AMÓN: Tamar, amar.
TAMAR: ¡Detente!
AMÓN: Soy Amón, amo.
TAMAR: ¿Si llamo al Rey?
AMÓN: A Amor llamo.
TAMAR: ¿A tu hermana?
AMÓN: Amores gusto.
TAMAR: ¡Traidor!
AMÓN: No hay amor injusto.
TAMAR: Tu ley...
AMÓN: Para Amor no hay ley.
TAMAR: Tu rey...
AMÓN: Amor es mi rey.
TAMAR: Tu honor...
AMÓN: Mi honor es mi gusto.

FIN DE LA SEGUNDA JORNADA

ACTO TERCERO

Salen AMÓN echando a empellones a TAMAR,
ELIAZER y JONADAB

AMÓN: ¡Vete de aquí; salte fuera,
veneno en taza dorada,
sepulcro hermoso de fuera,
arpía que en rostro agrada,
siendo una asquerosa fiera!
    Al basilisco retratas,
ponzoña mirando arrojas.
¡No me mires, que me matas!
¡Vete, monstruo, que me aojas
y mi juventud maltratas!
    ¿Que yo te quise? ¿Es posible
que yo te tuve afición?
Fruta de Sodoma horrible,
en la médula carbón
si en la corteza apacible.
    ¡Sal fuera, que eres horror
de mi vida y su escarmiento!
¡Vete, que me das temor!
Más es mi aborrecimiento,
que fue primero mi amor.
    ¡Hola, echádmela de aquí!
TAMAR: Mayor ofensa e injuria
es la que haces contra mí,
que fue la amorosa furia
de tu torpe frenesí.
    ¡Tirano de aqueste talle,
doblar mi agravio procura
hasta que pueda vengalle!
Mujer gozada es basura;
haz que me echen a la calle.
    Ya que así me has deshonrado,

lama el plato en que has comido,
un perro, al suelo arrojado.
Di que se ponga el vestido,
que has roto ya, algún crïado.
　　Honra con tales despojos
a quien se empleó en servirte,
y a mi dame más enojos.
AMÓN:　　　¡Quién por no verte ni oírte,
sordo naciera y sin ojos!
　　¿No te quieres ir, mujer?
TAMAR:　　　¿Dónde iré sin honra, ingrato,
ni quién me querrá acoger
siendo mercader, sin trato,
deshonrada una mujer?
　　Haz de tu hermana más cuenta,
ya que de ti no la has dado;
no añadas afrenta a afrenta,
que en cadenas del pecado,
perece quien las aumenta.
　　Tahur de mi honor has sido;
ganado has, por falso modo,
joyas que en vano te pido.
Quítame la vida y todo,
pues ya lo más he perdido.
　　No te levantes tan presto,
pues es mi pérdida tanta,
que aunque el que pierde es molesto,
el noble no se levanta
mientras en la mesa hay resto.
　　Resto hay de la vida, ingrato;
pero es vida sin honor,
y así de perderla trato.
Acaba el juego, traidor;
dame la muerte en barato.
AMÓN:　　　¡Infierno, ya no de fuego,
pues helando me atormnentas!
¡Sierpe, monstruo, vete luego!
TAMAR:　　El que pierde, sufre afrentas
porque le mantengan juego.
　　¡Mantenme juego, tirano,

                    hasta acabar de perder
                    lo que queda. Alza, villano,
                    la mano; quítame el ser,
                    y ganarás por la mano.
AMÓN: ¿Vióse tormento como éste?
                    ¡Hola! ¿No hay ninguno ahí?
                    ¡Que esto un desatino cueste!
ELIAZER: ¿Llamas?
AMÓN: Echadme de aquí
                    esta víbora, esta peste.
ELIAZER: ¿Víbora, peste? ¿Qué es de ella?
AMÓN: Llevadme aquesta mujer,
                    cerrad la puerta tras ella.
JONADAB: Carta, Tamar, viene a ser;
                    leyóla y quiere rompella.
AMÓN: Echadla a la calle.
TAMAR: Ansí
                    estaré bien, que es razón,
                    ya que el delito fue aquí,
                    que por ellas dé un pregón,
                    mi deshonra, contra ti.
AMÓN: Voyme por no te escuchar.

                    Vase AMÓN

JONADAB: ¡Extraño caso, Eliazer,
                    tal odio tras tanto amar!
TAMAR: Presto, villano, has de ver
                    la venganza de Tamar.

                    *Vanse todos. Salen ABSALÓN y
                    ADONÍAS*

ABSALÓN: Si no fueras mi hermano, o no estuvieras
                    en palacio, ambicioso, brevemente
                    hoy, con la vida bárbara, perdieras
                    el deseo atrevido e imprudente.
ADONÍAS: Si en tus venas la sangre no tuvieras

con que te honró mi padre indignamente,
yo hiciera que quedándose vacías,
de púrpura calzáran a Adonías.
ABSALÓN: ¿Tú pretendes reinar, loco villano?
¿Tú, muerto Amón del mal que le consume,
subir al trono, aspiras, soberano
que en doce tribus su valor resume?
¿Que soy no sabes tu mayor hermano?
¿Quién competir con Absalón presume,
a cuyos pies ha puesto la ventura
el valor, la riqueza y la hermosura?
ADONÍAS: Si el reino israelita se heredara
por el más delicado, tierno y bello,
aunque no soy yo monstruo en cuerpo y cara,
a tu yugo humillara el reino el cuello;
cada tribu hechizada se enhilara
en el oro de Ofir de tu cabello,
y convirtiendo hazañas en deleites
te pecharan en cintas y en afeites.

Redujeras a darnas tu consejo,
a trenzas tu corona, y a un estrado
el solio de tu ilustre padre viejo;
las armas a la holanda y al brocado;
por escudo tomaras un espejo,
y de tu misma vista enamorado,
en lugar de la espada a que me aplico,
esgrimieras, tal vez, el abanico.

Mayorazgo te dió Naturaleza
con que los ojos de Israel suspendes;
el cielo ha puesto renta en tu cabeza,
pues sus madejas a las damas vendes;
cada año, haciendo esquilmos tu belleza,
cuando aliviarla de su peso entiendes,
repartiendo por tierras su tesoro
se compran en doscientos siclos de oro.

De tu belleza ser el rey procura;
déjame a mí, Israel, que haces agravio
a tu delicadeza, a tu blandura.
ABSALÓN: Cierra, villano, el atrevido labio;
que el reino se debía a la hermosura,

a pesar de tu envidia, dijo un sabio,
señal que es noble el alma que está en ella,
que el huésped bello habita en casa bella.
  Cuando mi padre al enemigo asalta
no me quedo en la corte, dando al ocio
lascivos años, ni el valor les falta
que, con mis hechos, quilatar negocio;
mi acero incircuncisa sangre esmalta;
la guerra, que jubila al sacerdocio,
en mis hazañas enseñar procura
cuán bien dice el valor con la hermosura.
  Mas, ¿para qué lo que es tan cierto he puesto
en duda con razones? Haga alarde
la espada contra quien te has descompuesto,
si porque soy hermoso soy cobarde.

ADONÍAS: Por adorno no más te la habrás puesto.
No la saques así, el amor te guarde,
que te desmayarás si la ves fuera.
ABSALÓN: ¡Si no saliera el rey!
ADONÍAS: ¡Si no saliera!

Salen el rey DAVID y SALOMÓN

DAVID: Bersabé, vuestra madre me ha pedido
por vos, mi Salomón; creced, sed hombre,
que si amado de Dios sois, y querido,
conforme significa vuestro nombre,
yo espero en él, que al trono real subido,
futuros siglos vuestra fama asombre.
SALOMÓN: Vendráme, gran señor, esa alabanza
por ser de vos retrato y semejanza.
DAVID: Príncipes...
ABSALÓN: Gran señor....
DAVID: ¿En qué se entiende?
ADONÍAS: La paz ocupa el tiempo en novedades;
galas la mocedad al gusto vende,
si el desengaño a la vejez verdades.
ABSALÓN: La caza, que del ocio nos defiende,
nos convida a correr sus soledades;

ésta tragamos y tras ella fiestas.
DAVID:	¡Válgame Dios! ¿Qué voces serán éstas?

Sale TAMAR descabellada y de luto

TAMAR:	Gran monarca de Israel,
	descendiente del León,
	que para vengar injurias
	dio a Judá el viejo Jacob,
	si lágrimas, si suspiros,
	si mi compasiva voz,
	si lutos, si menosprecios
	te mueven a compasión,
	y cuando aquesto no baste,
	si el ser hija tuya yo
	a que castigues te incita
	al que tu sangre afrentó,
	por los ojos vierto el alma,
	luto traigo por mi honor,
	suspiros al cielo envío,
	de inocencias vengador.
	Cubierta está mi cabeza
	de ceniza; que un amor
	desatinado, si es fuego,
	sólo deja en galardón
	cenizas que lleva el aire;
	mas, aunque cenizas son,
	no quitarán mancha de honra,
	sangre sí, que es buen jabón.
	La mortal enfermedad
	del torpe príncipe Amón,
	peste de la honra fue;
	pegóme su contagión.
	Que le guisase mandaste,
	alguna cosa a sabor
	de su postrado apetito...
	¡Ponzoña fuera mejor!
	Sazónele una sustancia;
	mas las sustancias no son

de provecho, si se oponen
accidentes de afición.
Estaba el hambre en el alma,
y en mi desdicha, guisó
su desvergüenza mi agravio;
sazonóle la ocasión,
y sin advertir mis quejas,
ni el proponerle que soy
tu hija, rey, y su hermana,
su estado, su ley, su Dios,
echando la gente fuera
a puerta cerrada entró
en el templo de la fama
y sagrado del honor.
Aborrecióme ofendida;
no me espanto; que al fin son
enemigas declaradas
la esperanza y posesión.
Echóme injuriosainente
de su casa el violador,
oprobios por gustos dando.
¡Paga, en fin, de tal señor!
Deshonrada por sus calles
tu corte mi llanto oyó.
Sus piedras se compadecen,
cubre sus rayos el sol
entre nubes, por no ver
caso tan fiero y atroz.
Todos te piden justicia.
¡Justicia, invicto señor!
Dirás que es Amón tu sangre.
El vicio la corrompió,
sángrate de ella, si quieres,
dejar vivo tu valor.
Hijos tienes herederos;
semejanza tuya son
en el esfuerzo y virtudes;
no dejes por sucesor
quien, deshonrando a su hermana,
menoscaba tu opinión;

pues mejor afrentará
los que tus vasallos son.
Ea, sangre generosa
de Abrahán si su valor
contra el inocente hijo
el cuchillo levantó,
uno tuvo, muchos tienes;
inocente fue, Amón no;
a Dios sirvió así Abrahán,
ansí servirás a Dios.
Véncete, rey, a ti mismo;
la justicia, a la pasión
se anteponga; que es más gloria
que hacer piezas al león.
Hermanos, pedid conmigo
justicia. Bello Absalón,
un padre nos ha engendrado,
una madre nos parió;
a los demás no les cabe
de mi deshonra y baldón
sino sola la mitad;
mis medios hermanos son;
vos lo sois de padre y madre;
entera satisfacción
tomad, o en eterna afrenta
vivid sin fama desde hoy.
¡Padre, hermanos, israelitas,
calles, puertas, cielos, sol,
brutos, peces, aves, plantas,
elementos, campos, Dios...!
¡Justicia os pido a todos de un traidor,
de su ley y su hermana vïolador!
DAVID: Alzad, infanta, del suelo.
Llamadme al príncipe Amón.
¿Esto es, cielos, tener hijos?
Mudo me deja el dolor;
hablad ojos si podéis,
sentid mi mal, lenguas sois.
¡Lágrimas serán palabras
que expliquen al corazón!

Rey me llama la justicia;
            padre me llama el amor,
            uno obliga y otro impele,
            ¿cual vencerá de los dos?
ABSALÓN: Hermana--¡nunca lo fueras!--
            da lugar a la razón;
            pues no le halla la venganza;
            freno a tus lágrimas pon.
            Amón es tu hermano y sangre;
            a sí mismo se afrentó;
            puertas adentro se quede
            mi agravio y tu deshonor.
            Mi hacienda está en Efraín.
            granjas tengo en Bahalasor:
            casas fueron de placer,
            ya son casas de dolor.
            Vivirás conmigo en ellas
            que, mujer sin opinión,
            no es bien que en cortes habite,
            muerta su reputación.
            Vamos a ver si los tiempos
            tan sabios médicos son
            que, con remedios de olvido,
            den alivio a tu dolor.
TAMAR: Bien dices; viva entre fieras
            quien entre hombres se perdió;
            que a estar con ellas, yo sé
            que no muriera mi honor.

Vase TAMAR

ABSALÓN: (Incestüoso tirano,   **Aparte**
            pronto cobrará Absalón,
            quitándote vida y reino,
            debida satisfacción.)

Vase ABSALÓN

ADONÍAS: A tan portentoso caso,
             no hay palabras, no hay razón
             que aconsejen y consuelen;
             triste y confuso me voy.

Vase ADONÍAS

SALOMÓN: La Infanta es hermana mía,
             del príncipe hermano soy;
             la afrenta de Tamar siento,
             temo el peligro de Amón.
             El rey es santo y prudente,
             el suceso causa horror;
             más vale dar con el tiempo
             lugar a la admiración.

Vase SALOMÓN. Sale temeroso AMÓN;
DAVID está llorando

AMÓN: El rey, mi señor, me llama.
             ¿Iré ante el rey, mi señor?
             ¿Su cara osaré mirar
             sin vergüeriza ni temor?
             Temblando estoy a la nieve
             de aquestas canas; que son
             los pecados, frías cenizas
             del fuego que encendió amor.
             ¡Qué animoso, antes del vicio,
             anda siempre el pecador!
             ¡Cometido, qué cobarde!
DAVID: Príncipe...
AMÓN: A tus pies estoy.

De rodillas, lejos

DAVID: (¿No ha de poder la justicia   **Aparte**
             aquí, más que la afición?

Soy padre, también soy rey
es mi hijo, fue agresor;
piedad sus ojos me piden,
la infanta satisfacción.
Prenderéle en escarmiento
de este insulto. Pero, no;
levántase de la cama
de su pálido color
sus temores conjeturo.
Pero ¿qué es de mi valor?
¿Qué dirá de mí Israel
con tan necia remisión?
Viva la justicia, y muera
el principe violador.)

A AMÓN

Amón.
AMÓN: Amoroso padre.
DAVID: (El alma me traspasó.   **Aparte**
Padre amoroso me llama.
Socorro pide a mi amor...
Pero, muera...) ¿Cómo estás?

Vuélvese a AMÓN furioso, y en
viéndole se enternece

AMÓN: Piadoso padre, mejor.
DAVID: (En mirándole, es de cera   **Aparte**
mi enojo, y su cara es sol.
El adulterio homicida,
con ser rey, me perdonó
el Justo Juez, porque dije
un pequé de corazón.
Venció en Él a la jusiicia
la piedad; su imagen soy;
el castigo es mano izquierda,
mano es derecha el perdón,

pues ser izquierdo es defecto...)

A AMÓN

Mirad, príncipe, por vos;
cuidad de vuestro regalo.
(¡Ay, prenda del corazón!)   **Aparte**

Vase el rey DAVID

AMÓN: ¡Oh poderosas hazañas
del Amor, único dios
que hoy a David ha vencido
siendo rey y vencedor!
Que mirase por mí, dijo;
blandamente me avisó;
el castigo del prudente
es la tácita objeción.
Temió darme pesadumbre;
por entendido me doy;
yo pagaré amor tan grande
con no ofenderle desde hoy.

Vase. Sale ABSALÓN, solo

ABSALÓN: ¿Que una razón no le dijo
en señal de sus enojos?
¡Ni un severo mirar de ojos!
Hija es Tamar, si él es hijo.
Mas, no importa; que ya elijo
la justa satisfacción
que a mi padre la pasión
de Amor ciega, pues no ve.
Con su muerte cumpliré
la justicia y mi ambición.
   No es bien que reine en el mundo
quien no reina en su apetito.
En mi dicha y su delito
todo mi derecho fundo.

Hijo soy del rey, segundo.
Ha por sus culpas primero;
hablar a mi padre quiero
y del sueño despertarle
con que ha podido hechizarle
Amor, siempre lisonjero.
    Aquí está. Pero ¿qué es esto?

*Tira una cortina y descúbrese un bufete, y
sobre él una fuente y en ella una corona de oro de
rey*

¿La corona en una fuente
con que ciñe la real frente
mi padre, grave y compuesto?
La mesa el plato me ha puesto
que ha tanto que he deseado;
debo de ser convidado;
si el reinar es tan sabroso
como afirma el ambicioso,
no es de perder tal bocado.
    Amón no os ha de gozar,
cerco, en quien mi dicha encierro;
que sois vos de oro, y fue hierro
el que deshonró a Tamar.
Mi cabeza quiero honrar
con vuestro círculo bello;
mas rehusaréis el hacello,
pues aunque en ella os encumbre,
temblaréis de que os deslumbre
el oro de mi cabello.

Corónase

    Bien me estáis; vendréisme ansí
nacida, y no digo mal,
pues nací de sangre real
y vos nacéis para mí.

¿Sabréos merecer yo? Sí.
¿Y conservaros? También.
¿Quién hay en Jerusalén
que lo estorbe? Amón. ¡Matarle!
Mi padre que ha de vengarle...
¡Matar a mi padre!

Sale el rey DAVID

DAVID: ¿A quién?

*Saca la espada ABSALÓN, sálele al en-
cuentro DAVID y hállale coronado*

ABSALÓN: ¡Ay, cielos! A quien no es
vasallo de vuestra alteza.

Arrodíllase

DAVID: Coronada tu cabeza,
no dices bien a mis pies.
ABSALÓN: Pienso heredarte después;
que anda el príncipe indispuesto.
DAVID: Hástela puesto muy presto.
No serás sucesor suyo;
que de esa corona arguyo,
que como llega a valer
un talento, ha menester
mayor talento que el tuyo.
     En fin, ¿me quieres matar?
ABSALÓN: ¿Yo?
DAVID: ¿No acabas de decirlo?
ABSALÓN: Si llegaras bien a oirlo,
mi fe habías de premiar;
si vengo, dije, a reinar
vivo tú en Jerusalén,
mi enojo probará quien

fama por traidor adquiere,
y por ser tirano, quiere
matar a mi padre.
DAVID: Bien.
          ¿Pues quién hay a quien le cuadre
tal tíiulo?
ABSALÓN: No sé yo...
          Quien a su hermana forzó
también matará a su padre.
DAVID: Por ser los dos de una madre,
contra Amón te has indignado;
pues ten por averiguado
que quien fuere su enemigo
no ha de tener paz conmigo.
ABSALÓN: Sin razón te has enojado.
          ¡Sólo yo, te hallo crüel!
DAVID: ¿Qué mucho, si tú lo estás
con Amón?
ABSALÓN: No le ama más
que yo, nadie en Israel;
antes, gran señor, con él
y los príncipes quisiera
que vuestra alteza viniera
al esquilmo, que ha empezado
en Balhasor mi ganado,
y que esta merced me hiciera.
          Tan lejos de desatinos
y venganzas necias vengo,
que allí banquetes prevengo
de tales personas dinos;
honre nuestros vellocinos
vuestra presencia, señor,
y divierta allí el dolor
que le causa este suceso;
conocerá que intereso
granjear sólo su amor.
DAVID: Tú fueras el fénix de él,
si estas cosas olvidaras,
y al príncipe perdonaras,
no vil Caín, sino Abel.

ABSALÓN: Si hiciera venganza en él,
             plegue a Dios que me haga guerra
             cuanto el sol dora y encierra,
             y contra ti rebelado,
             de mis cabellos colgado
             muera, entre el cielo y la tierra.
DAVID: Si eso cumples, Absalón,
             mocedades te perdono;
             con los brazos te corono,
             si mejor corona son.
ABSALÓN: En mis labios los pies pon,
             y añade a tantas mercedes,
             porque satisfecho quedes,
             señor, el venir a honrar
             mi esquilmo, pues da lugar
             la paz y alegrarte puedes.
DAVID: Harémoste mucho gasto.
             No, hijo, goza tu hacienda;
             al reino pide que atienda
             la vejez que en canas gasto.
ABSALÓN: Pues a obligarte no basto
             a esta merced, da licencia,
             que, supliendo tu presencia
             Adonías, Salomón,
             hagan, yendo con Amón,
             de mi amor noble experiencia.
DAVID: ¿Amón? Eso no hijo mío.
ABSALÓN: Si melancólico está,
             sus penas divertirá
             el ganado, el campo, el río.
DAVID: Temo que algún desvarío
             dé nueva causa a mi llanto.
ABSALÓN: De la poca fe me espanto
             que tiene mi amor contigo.
DAVID: La experiencia en esto sigo,
             que cuando con el disfraz
             viene el agravio, de paz,
             es el mayor enemigo.
ABSALÓN: Antes el gusto y regalo
             que he de hacerle ha de abonarme;

en esto pienso esmerarme.
DAVID: Nunca el recelar fue malo.
ABSALÓN: ¡Plegue al cielo que sea un palo
alguacil que me suspenda
cuando yo al príncipe ofenda!
No me alzaré de tus pies,
padre, hasta que a Amón me des.
DAVID: Del alma es la mejor prenda.
Pero en fe de que confío
en tí, yo te lo concedo.
ABSALÓN: Cierto ya de tu amor quedo.
DAVID: (¿De qué dudáis, temor frío?)   **Aparte**
ABSALÓN: Voyle a avisar.
DAVID: Hijo mío,
en olvido agravio pon.
ABSALÓN: No temas.
DAVID: ¡Ay, mi Absalón!
¡Lo mucho que te amo pruebas!
ABSALÓN: Adiós.
DAVID: Mira que me llevas
la mitad del corazón.

Vanse los dos. Salen TIRSO, BRAULIO, ALISO,
RISELO, ARDELIO, ganaderos, y TAMAR de pastora, rebozada la
cara
con la toca. Cantan

UNOS: *"Al esquilmo, ganaderos*
que balan las ovejas y los carneros."
OTROS: *"Ganaderos, a esquilmar,*
que llama los pastores el mayoral."
UNO: *"El Amor trasquila*
la lana que dan,
los amantes mansos
que a su aprisco van,
trasquila la dama
al pobre galán,
aunque no es su oficio
sino repelar.

Trasquiia el alcalde
al que preso está,
y si entró con lana
en puribus va.
Pela el escriben,
porque escribanar
con pluma con pelo
de comer le da.
Pela el alguacil
hasta no dejar
vellón en la bolsa,
plata, otro que tal.
El letrado pela,
pela el oficial,
que hay mil peladores.
si pelones hay."

TODOS: *"Al esquilmo, ganaderos,*
que balan las ovejas y los carneros;
ganaderos, a esquilmar,
que llama a los zagales el mayoral."

TIRSO: Dichosas serán desde hoy
las reses que en el Jordán
cristales líquidos beben,
y en tomillos pacen sal.
Ya con vuestra hermosa vista
yerba el prado brotará,
por más que la seque el sol,
pues vos sus campos pisáis.
¿De qué estáis melanconiosa
hermosísima Tamar,
pues con vuestros ojos bellos
estos montes alegráis?
Si dicen que está la corte
do quiera que el rey está,
y vos sois reina en belleza,
la corte es ésta, no hay más.
La infantica, entretenéos,
vuesa hermosura mirad
en las aguas que os ofrecen

por espejo su cristal.
TAMAR: Temo de mirarme a ellas.
BRAULIO: Si es por no os enamorar
          de vos misma, bien hacéis,
          que a la he que quillotráis
          desde ell alma a la asadura
          a cuantos viéndoos están,
          y que para mal de muchos
          el dimuño os trujo acá.
          Mas, asomáos con todo eso,
          veréis cómo os retratáis
          en la tabla de este río
          si en ella a vos os miráis;
          y haréis un cuadro valiente,
          que porque le guarnezcáis,
          las flores de oro y azul
          de marco le servirán.
          ¡Honradla, miráos a ella!
TAMAR: Aunque hermosa me llamáis,
          tengo una mancha afrentosa.
          Si la veo he de llorar.
ALISO: ¿Manchas tenéis? Y aun por eso,
          que aquí los espejos que hay,
          si manchas muestran, las quitan,
          enseñando al amistad.
          Allá los espejos son
          sólo para señalar
          faltas, que viéndose en vidrio,
          con ellas en rostro dan;
          acá, son espejos de agua
          que a los que a mirarse van,
          muestran manchas y las quitan,
          en llegándose a lavar.
TAMAR: Si agua esta mancha quitara,
          harta agua mis ojos dan;
          sólo a borrarla es bastante
          la sangre de un desleal.
RISELO: No vi en mi vida tal muda.
          Miel virgen afeita acá,
          que ya hasta las caras venden

postiza virginidad.
¿Son pecas?
TAMAR: Pecados son.
ARDELIO: Cubrirlas con solimán.
TAMAR: No queda, pastor, por eso;
toda yo soy rejalgar.
TIRSO: ¿Es algún lunar, acaso,
que con la toca tapáis?
TAMAR: No se muda cual la luna,
ni es la deshonra lunar.
TIRSO: Pues sea lo que se huere,
pardiez, que hemos de cantar
y aliviar la pesadumbre;
que es locura lo demás.

Cantan

TODOS: *"Que si estáis triste, la Infanta,*
todo el tiempo lo acaba;
desdenes de amor,
la ausencia los sana;
para desengaños
buena es la mudanza;
si atormentan celos
darlos a quien ama;
para la vejez,
arrimar las armas;
para mujer pobre,
gastar lo que basta;
para mal de ausencia,
juegos hay y cazas;
para excusar penas,
estudiar en casa;
para agravios de honra,
perdón o venganza,
que si triste estáis, la infanta,
todo el tiempo lo acaba."

Sale LAURETA con un tabaque de

flores

LAURETA: Todas estas flores bellas
          a la primavera he hurtado;
          que pues de Amor sois el prado,
          competir podéis con ellas.
            Lleno viene este cestillo
          de las más frescas y hermosas,
          yerbas, jazmines y rosas,
          desde el clavel al tomillo.
            Aquí está la manutisa,
          la estrella mar turquesada,
          con la violeta morada
          que Amor, porque huela, pisa;
            el sándalo, el pajarillo,
          alelíes, siete ramas,
          azucenas y retamas,
          madreselva e hisopillo.
            Tomadlos, que son despojos
          del campo, y juntad con ellos
          labios, aliento y cabellos,
          pechos, frente, cejas y ojos.
TAMAR: Todas las que abril esmalta,
          pierden en mí su valor,
          Laureta, porque la flor
          que más me importa, me falta.

***Dale unas violetas y póneselas TAMAR en los
pechos***

TIRSO: Ya vendréis a adivinar
          sueños o cosas de risa;
          que, como sois pitonisa,
          consolaréis a Tamar.
            Laureta, diz que tratáis
          con el diablo.
ARDELIO: Ya han venido
          los príncipes, que han querido

82/95

              honrarnos hoy.
TIRSO: ¿Qué aguardáis?
ARDELIO: Mientras el convite pasa,
            al soto apacible vamos,
            y de flores, yerba y ramos
            entapicemos la casa.
TIRSO: Ardelio, tenéis razón;
            démonos prisa, pastores;
            pero, ¿qué ramos ni flores
            hay como ver á Absalón?

Vanse los pastores

TAMAR: Vámonos de aquí, Laureta.
LAURETA: ¿Para qué? Bien disfrazada
                estás.
TAMAR: Di mal injuriada.
LAURETA: Olvida, si eres discreta.
TAMAR: Bien dijo, aunque ése es buen medio,
            un ingenio singular,
            "El remedio era olvidar,
            y olvidóseme el remedio."

*Salen AMÓN, ABSALÓN, ADONÍAS y
SALOMÓN*

AMÓN: Bello está el campo.
ABSALÓN: Es el Mayo,
            el mes galán, todo flor.
ADONÍAS: A lo menos labrador,
            segun agirona el sayo.
AMÓN: Oid, que hay aquí serranas,
            y no de mal aire y brío.
ABSALÓN: De mi hacienda son, y os fío
            que envidien las cortesanas
                su no ayudada hermosura.
AMÓN: ¡Bien haya quien la belleza
            debe a la naturaleza,
            no al afeite y compostura!
ABSALÓN: Ésta es mujer tan curiosa,

que de lo futuro avisa;
tiénenla por pitonisa
estos rústicos.
SALOMÓN: Y, ¿es cosa
        de importancia?
AMÓN: De esta gente
        hacer caso es vanidad;
        tal vez dirá la verdad,
        y después mentiras veinte,
            Mas, ¿quién es la rebozada?
ABSALÓN: Es una hermosa pastora,
        que injurias de su honra llora
        y espera verse vengada.
AMÓN: Ella tiene buena flema.
        ¿No la veremos?
ABSALÓN: No quiere,
        mientras sin honra estuviere,
        descubrirse.
AMÓN: Linda flema.

A LAURETA

            Ahora bien, con vos me entiendo.
        Llegáos, mi serrana, acá.
LAURETA: Su alteza pretenderá,
        y después iráse huyendo.
AMÓN: Bien parecéis adivina.
        Llena de flores venís;
        ¿cómo no las repartís,
        si el ser cortés os inclina?
LAURETA: Estos prados son teatro
        do representa Amaltea.
        ¡Mas, porque no os quejéis, ea,
        a cada cual de los cuatro
            tengo de dar una flor.
AMÓN: Y esotra serrana, ¿es muda?
        Quita el rebozo
LAURETA: Está en muda.
AMÓN: ¿Mudas hay acá?

LAURETA: De honor.
AMÓN: Y, ¿hay honor entre villanas?
LAURETA: Y con más firmeza está;
        que no hay príncipes acá
        ni fáciles cortesanas.
          Pero dejémonos de esto,
        y va de flor.
AMÓN: ¿Cuál me cabe?

Aparte a cada uno

LAURETA: Ésta azucena süave.
AMÓN: Eso es picarme de honesto.
LAURETA: Yo sé que olerla os agrada
        pero no la deshojéis,
        que la espadaña que veis,
        tiene la forma de espada;

Dale una azucena con una espadaña

          y aquesos granillos de oro,
        aunque a la vista recrean,
        manchan si los manosean,
        porque estriba su tesoro
          en ser intactos; dejáos,
        Amón, de deshojar flor
        con espadañas de honor
        y si la ofendéis, guardáos.
AMÓN: Yo estimo vuestro consejo.
        (¡Demonio es esta mujer!)   **Aparte**
SALOMÓN: ¿Qué os ha dicho?
AMÓN: No hay que hacer
        caso; por loca la dejo.
ADONÍAS: ¿Qué flor me cabe a mí?
LAURETA: Extraña;
        espuela de caballero.
ADONÍAS: Bien por el nombre la quiero.
LAURETA: A veces la espuela daña.

ADONÍAS: Diestro soy.
LAURETA: Si lo sois, alto;
        pero guardáos, si os agrada
        de una doncella casada,
        no os perdáis por picar alto.
ADONÍAS: No os entiendo.
ABSALÓN: Yo me quedo
        postrero; id, hermanos, vos.
SALOMÓN: Confusos vienen los dos.

A LAURETA

        Si acaso obligaros puedo,
            más conmigo os declarad.
LAURETA: Ésta es corona de rey,
        flor de vista, olor y ley;
        sus propiedades gozad,
            que aunque rey seréis espejo,
        y el mayor de los mejores,
        temo que os perdáis por flores
        de Amor, si sois mozo viejo.
AMÓN: ¡Buena flor!
SALOMÓN: Con su pimienta.
ABSALÓN: ¿Cábeme a mí?
LAURETA: Este narciso.
ABSALÓN: Ése a sí mismo se quiso.
LAURETA: Pues tened, Absalón, cuenta
            con él, y no os queráis tanto;
        que de puro engrandeceros,
        estimaros y quereros,
        de Israel seáis espanto.
            Vuestra hermosura enloquece
        a toda vuestra nación.
        Narciso sois, Absalón,
        que también os desvanece.
            Cortáos esos hilos bellos,
        que si los dejáis crecer
        os habéis presto de ver
        en alto por los cabellos.

Vase LAURETA

ABSALÓN: Espera. Fuese. (Si en alto   **Aparte**
    por los cabellos me veo,
    cumpliráse mi deseo.
    Al reino he de dar asalto.
      ¿En alto por los cabellos?
    Mi hermosura ha de obligar
    a Israel, que a coronar
    me venga, loco por ellos.)
AMÓN: Confuso os habéis quedado.
ABSALÓN: ¡Príncipes, alto, a comer!
    (Sobre el trono me han de ver,   **Aparte**
    de mi padre, coronado.
      Muera en el convite Amón,
    quede vengada Tamar;
    dé la corona lugar
    a que la herede Absalón.

Sale un CRIADO

CRIADO: La comida que se enfría,
    a vuestras altezas llama.
AMÓN: (De aquesta serrana dama   **Aparte**
    ver la cara gustaría.

A ABSALÓN

    Idos, hermano, con ellos.
ABSALÓN: No nos hagáis esperar.
    (Reinando, vengo a quedar   **Aparte**
    en alto por los cabellos.

Vanse todos, menos AMÓN y TAMAR

AMÓN: Yo, serrana, estoy picado

de esos ojos lisonjeros,
que deben de ser fulleros,
pues el alma me han ganado.
  ¿Queréisme, vos, despicar?
TAMAR: Cansaraos el juego presto,
y en ganando el primer resto
luego os querréis levantar.
AMÓN: ¡Buenas manos!
TAMAR: De pastora.
AMÓN: Dadme una.
TAMAR: Será en vano
dar mano a quien da de mano
y ya aborrece, ya adora.
AMÓN: Llégaréosla yo a tomar,
pues su hermosura me esfuerza.
TAMAR: ¿A tomar? ¿Cómo?
AMÓN: Por fuerza.
TAMAR: ¡Qué amigo sois de forzar!
AMÓN: Basta; que aquí todas dais
en adivinas.
TAMAR: Queremos
estudiar, cómo sabremos
burlaros, pues nos burláis.
AMÓN: ¿Flores traéis vos también?
TAMAR: Cada cual, humilde o alta,
busca aquello que le falta.
AMÓN: Serrana, yo os quiero bien.
  Dadme una flor.
TAMAR: ¡Buen floreo
os traéis! Creed, señor,
que a no perder yo una flor,
no sintiera el mal que veo.
AMÓN: Una flor he de tomar.
TAMAR: Flor de Tamar, diréis bien.
AMÓN: Forzaréos. Dadla por bien.
TAMAR: ¡Qué amigo sois de forzar!
  Pero, tomad, si os agrada.
AMÓN: ¿Violetas?

Dale las violetas

TAMAR: Para alegraros;
            porque yo no puedo daros,
            Amón, sino flor violada.
AMÓN: ¡Eso es mucho adivinar!
            Destapáos.
TAMAR: Apártese.
AMÓN: Por fuerza os descubriré.

Descúbrela

TAMAR: ¡Qué amigo sois de forzar!
AMÓN: ¡Ay, cielos! Monstruo. ¿Tú eres?
            ¡Quién los ojos se sacara
            primero que te mirara,
            afrenta de las mujeres!
               Voyme, y pienso que sin vida;
            que tu vista me mató.
            No esperaba, cielos, yo,
            tal principio de comida.

Vase AMÓN

TAMAR: Peor postre te han de dar,
               ¡bárbaro, crüel, ingrato,
               pues será el último plato
               la venganza de Tamar!

***Vase TAMAR. Salen los PASTORES con ramos y
cantando***

TODOS: *"A las puertas de nuesos amos
               vamos, vamos,
               vamos a poner ramos."*
UNO: *"A Absalón el bello,
               alamico negro,*

89/95

cinamono y cedro,
y palma ofrezcamos."
TODOS: *"Vamos, vamos,*
vamos a poner ramos."
OTRO: *"Al mozo Adonías*
dé las maravillas
rosa y clavellinas,
guirnaldas tejamos."
TODOS: *"Vamos, vamos,*
vamos a poner ramos."
UNO: *"Al príncipe nueso*
de ciprés funesto
y taray espeso
coronas tejamos."
TODOS: *"Vamos, vamos,*
vamos a poner ramos."
OTRO: *"Salomón prudente*
ceñirá su frente
del laurel valiente
que alegres cortamos."
TODOS: *"Vamos, vamos,*
vamos a poner ramos."

Gritan desde adentro, y hacen ruido de golpes y
cáense mesas y vajillas, y luego salen huyendo
SALOMÓN y ADONÍAS

ABSALÓN: La comida has de pagar   **Dentro**
dándote muerte, villano.
AMÓN: ¿Por qué me matas, hermano?   **Dentro**
ABSALÓN: Por dar venganza a Tamar.   **Dentro**
AMÓN: ¡Cielos, piedad! ¡Muerto soy!   **Dentro**
SALOMÓN: Huye.
ADONÍAS: ¡Oh, bárbaro sin ley;
todos los hijos del rey
por reinar perecen hoy!

TIRSO: ¡0xté puto! Esto va malo.
ARDELIO: Huyamos, no nos alcance
            algún golpe en este lance.
BRAULIO: Mirad qué negro regalo
               de convite.
TIRSO: ¡Oh, mi cebolla!
            ¡Más os quiero que Absalón
            sus pavos!
ARDELIO: Tirso, chitón,
            que nos darán en la cholla.

Vanse los PASTORES. Descúbrense aparadores
de plata, caídas las vajillas, y una mesa llena de
manjares y descompuesta; los manteles ensangrentados, y
AMÓN sobre la mesa, asentado y caído de espaldas en
ella, con un a daga en una mano y un cuchillo en la otra,
atravesada por la garganta una daga; y salen ABSALÓN
TAMAR

ABSALÓN: Para tí, hermana, se ha hecho
            el convite; aqueste plato,
            aunque de manjar ingrato,
            nuestro agravio ha satisfecho.
            Hágate muy buen provecho.
            Bebe su sangre, Tamar;
            procura en ella lavar
            tu fama, hasta aquí manchada;
            caliente, está la colada,
            fácil la puedes sacar.
               A Gesur huyendo voy,
            que es su rey mi abuelo y padre
            de nuestra injuriada madre.
TAMAR: Gracias a los cielos doy,
            que no lloraré desde hoy
            mi agravio, hermano váliente;
            ya podré mirar la gente,

resucitando mi honor;
que la sangre del traidor
es blasón del inocente.
   Quédate, bárbaro, ingrato,
que en buen túmulo te han puesto;
sepulcro del deshonesto
es la mesa, taza y plato.
ABSALÓN: Heredar el reino trato.
TAMAR: ¿Déntele los cielos bellos!
ABSALÓN: Amigos tengo, y por ellos,
como dijo la mujer,
todo Israel me ha de ver
en alto por los cabellos.

Vanse los dos y encúbrese la apariencia.
Sale el rey DAVID solo

DAVID: ¡Amón, príncipe, hijo mío!
Si eres tú, pide al deseo
albricias, que los instantes
juzga por siglos eternos.
Gracias a Dios que a pesar
de sospechas y recelos,
con tu vista restituyo
la vida que sin ti pierdo.
¿Cómo vienes? ¿Cómo estás?
¿Podré, enlazando tu cuello,
imprimir lirios en rosas;
guarnecer oro en acero?

Va a abrazarle y solo encuentra el vacío

Dame los amados brazos.
¡Ay, engaños lisonjeros!
¿Por qué con burlas pesadas
me hacéis abrazar los vientos?

Como la madre acallando
al hijo que tiene al pecho,
¿me enseñas la joya de oro
para escondérmela luego?
Como en la navegación
prolija, ¿en celajes negros
fingidos montes me pintas,
siendo mentiras de lejos?
Como fruta de pincel,
como hermosura en espejo,
como tesoro soñado,
como la fuente al enfermo,
¿burladoras esperanzas
engañáis mis pensamientos
para acrecentar pesares,
para atormentar desvelos?
¡Amón mío! ¿Dónde estás?
Deshaga el temor los celos,
el sol de tu cara, hermoso,
remoce tu vista a un viejo.
¿Si se habrá Absalón vengado?
¿Si habréis sido, como temo,
hijo caro de mis ojos,
de sus esquilmos cordero?
No. ¡Que es vuestro hermano en fin!
La sangre hierve sin fuego.
¡Mas, ay! Que es sangre heredada
de quien a su hermano mesmo
vendió, y llorará David
como Jacob, en sabiendo
si a Josef mató la envidia,
que a Amón la venganza ha muerto.
Absalón, ¿no me juró
no agraviarlo? ¿De qué tiemblo?

Pero, el amor y el agravio

nunca guardan juramento.
La esperanza y el temor,
en este confuso pleito,
alegan en pro y en contra.
¡Sentenciad en favor, cielos!
Caballos suenan, ¿si serán
mis amados hijos éstos?
Alma, asomaos a los ojos.
Ojos, abríos para verlos.
Grillos echa el temor frío
a los pies, cuando el deseo
se arroja por las ventanas.

Salen muy tristes ADONÍAS y SALOMÓN

DAVID: ¡Hijos!
ADONÍAS: Señor...
DAVID: ¿Venis buenos?
          ¿Qué es de vuestros dos hermanos?
          ¿Calláis? Siempre fue el silencio
          embajador de desgracias.
          ¿Lloráis? Hartos mensajeros
          mis sospechas certifican.
          ¡Ay, adivinos recelos!
          ¿Mató Absalón a su hermano?
SALOMÓN: Sí, señor.
DAVID: Pierda el consuelo
          la esperanza de volver
          al alma, pues a Amón pierdo.
          Tome eterna posesión
          el llanto, porque sea eterno
          de mis infelices ojos
          hasta que los deje ciegos.
          Lástimas hable mi lengua.
          No escuchen sino lamentos

mis oídos lastimosos
¡Ay, mi Amón! ¡Ay, mi heredero!
Llore tu padre con Jacob diciendo:
¡Hijo, una fiera pésima te ha muerto!
AUTOR: Y de Tamar la historia prodigiosa
acaba aquí en tragedia lastimosa.

FIN DE LA COMEDIA